爱上阅读·中小学生晨读精品选

高长梅　许高英　主编

这里的大树不落叶

赵悠燕　著

九州出版社 JIUZHOUPRESS | 全国百佳图书出版单位

图书在版编目(CIP)数据

这里的大树不落叶 / 赵悠燕著. -- 北京 : 九州出版社，2014.3（2021.7 重印）

（爱上阅读 : 中小学生晨读精品选 / 高长梅, 许高英主编）

ISBN 978-7-5108-2761-7

Ⅰ. ①这… Ⅱ. ①赵… Ⅲ. ①散文集 - 中国 - 当代Ⅳ. ①I267

中国版本图书馆CIP数据核字（2014）第041871号

这里的大树不落叶

作　　者	赵悠燕　著
出版发行	九州出版社
地　　址	北京市西城区阜外大街甲35号（100037）
发行电话	（010）68992190/3/5/6
网　　址	www.jiuzhoupress.com
电子信箱	jiuzhou@jiuzhoupress.com
印　　刷	北京一鑫印务有限责任公司
开　　本	720 毫米 × 1000 毫米　16 开
印　　张	9
字　　数	150 千字
版　　次	2014 年 5 月第 1 版
印　　次	2021 年 7 月第 6 次印刷
书　　号	ISBN 978-7-5108-2761-7
定　　价	36.00 元

阅读随想（代序）

爱上阅读。阅读能使我们进一步获取智慧，获取解决问题的方法与能力。

微信中，有一篇叫《读书的十大好处》的文章流传颇广。它概括的所谓十大好处独树一帜：1. 养静气，去躁气；2. 养雅气，去俗气；3. 养才气，去迂气；4. 养朝气，去暮气；5. 养锐气，去惰气；6. 养大气，去小气；7. 养正气，去邪气；8. 养胆气，去怯气；9. 养和气，去霸气；10. 养运气，去晦气。

微信中，还有一篇文章也被大量转发，叫《读书是最好的美容》。文章认为，“人通过读书，在幽幽书香潜移默化的熏陶下，浊俗可以变为清雅，奢华可以变为淡泊，促狭可以变为开阔，偏激可以变为平和”。的确，打开书，便打开了一扇面对世界的窗口，你读天，无际的长天予你灵性；你读地，宽厚的大地赠你理性。打开书，便打开了一面审视生命的镜子，那扑面而来的真善美令人陶醉。

还是微信中的一篇文章，叫《通过阅读解决自己的困惑》。文章认为，阅读不能仅仅是小清新、轻口味、品时尚的浅阅读，有时还得“重口味”。阅读即要脚踏实地，要观看现实，了解人类文化的百态，知识的种种。但是只看“大地”那是不够的，还需要仰望星空，还要读读诸如《论语》、

《庄子》之类的书,以加深我们对人性的理解且不丧失对智慧的信心。

再引用著名作家王蒙先生2013年9月发表在《人民日报》上的《"攻读"的日子哪里去了》中的一段话:离开了阅读,只有浏览与便捷舒适的扫描,以微博代替书籍,以段子代替文章,以传播代替学识,以表演代替讲解,将会逐渐使人们精神懒惰,习惯于平面地、肤浅地接受数量巨大、获得廉价、包含着大量垃圾赝品毒素的所谓信息,丧失研读能力、切磋能力、求真求深的使命与勇气,以至连讨论追究的习惯也不见了,苦思冥想的能力与乐趣也没有了,连智力游戏的水准也降到幼儿级别以下了。这样下去,我们会空心化、浅薄化与白痴化,我们的宝贵的头脑的皱褶将渐渐平滑,我们的"灵"的思辨思维功能将渐渐萎缩,而我们的大脑将只剩下海量获得八卦式的信息然后平面地记忆下来、转销出去的"肉"的能力。

杨绛说得更好:读书正是为了遇见更好的自己。读书到了最后,是为了让我们更宽容地去理解这个世界有多复杂。

爱上阅读。阅读提升我们的素养,阅读最终将改变我们的人生。

目录

contents

PART 1
让风筝飞得更高

PART 2
一头牛的记忆力

PART 3
来世再做好兄弟

PART 4
是谁偷走了我的语言

PART 5
你是我的目击证人

PART 6
饥饿游戏

>>>>>> PART 1

让风筝飞得更高

季小均兴高采烈地拿着风筝来到门外，放上天去，那是一只色彩鲜艳的响尾蛇风筝，扁扁的三角形脑袋晃动着，尾巴一扭一扭地升上天去。三个人兴奋地仰着头，他们的视线随着风筝越飞越高，越飞越远。

懒爸爸，好爸爸

“阿彪，柜子很沉拖不动啊，快来帮帮我！”

外面，传来女人焦灼、无望的声音，通常，这样的叫唤声是得不到应答的，女人不满地唠叨着，被唤作阿彪的男人嘟囔着翻了个身，依然睡着，早睡不着了，但还是赖在床上。

女人“咝咝”地吸着气，大概哪里砸疼了。过了一会儿，女人在厨房间忙碌起来，渐渐地，一股蒸馒头的香气飘进来。

阿彪听见自己的胃咕噜响了几声，“给我拿两个馒头进来。”他自言自语道。女人是听不见的，否则她肯定会骂：“死阿彪，好吃懒做的家伙，你有手有脚自己不会拿啊！”

说的是在理，可阿彪就是懒得起身，仿佛床垫有胶水，死死地把他粘在那儿了。于是，阿彪只好吞着口水继续睡。

阿彪的这个回笼觉睡得有点长，迷迷糊糊间，“咚”的一声响，是女人从田里回来了。阿彪一骨碌从床上爬起来。这个时间，说明女儿也快放学了。他胡乱抹了把脸，拿起一个冷馒头边啃边往外走。

“阿彪，接女儿去啊。”

“是啊是啊，我女儿就要放学了。”阿彪兴高采烈地同村里人打招呼。

他看见了女儿，高兴地跑过去。“女儿哎，你回来啦，读书辛苦啊。”边说边忙不迭地接过女儿手里的书包。

"爸爸,走了这么长的路,我脚好疼啊。"女儿揉着脚脖子说。

"是啊,你换了学校,要走好几里路,爸正为这件事想办法呢。"

"你有什么办法,你又不会骑车,不能来学校带我。何况,咱们家也没有自行车。"

"爸给你去买。"

"你不去打工,哪来的钱买车?爸爸,你不能老是睡觉,看人家爸爸都出去打工赚钱。"

"好好,爸爸明天就去打工,赚来钱给你买自行车。"

懒汉阿彪去打工赚钱,这成了村里的头条新闻。大家都看阿彪笑话,瞧他那个样子,也敢去赚城里人的钱。

阿彪这一去就是好几个月。那天,传来阿彪被警察抓进派出所的消息,听说是被当成偷车贼抓的。

这阿彪也真是,没本事赚钱买车,也不该去当偷车贼,把村里人的脸都给丢尽了。女人捂着脸哭着说:"跟着他这辈子是见不到头了,等他回来就跟他离婚!"

几天后,阿彪回来了,人更瘦更黑了,跟他回来的还有一辆崭新的飞鸽牌女式自行车,不过,他不是骑回来的,也不是推着车走来的,而是扛在肩上走回来的。

阿彪说:"我不会骑车也不会推车,怕摔坏了新车,所以扛着走来。遇见巡逻警察,说自己的车哪有扛着走的,硬说我是偷车贼。幸好咱带了购车发票,不信去查吧。咱懒归懒,但不做缺德事,否则,以后叫我女儿咋在老师同学面前抬头哩。"

村里人问他这些日子赚了多少钱,阿彪神秘地说保密,这钱留着以后要给女儿读书买新衣服穿哩。

阿彪神气地扛着车去村头等女儿放学回来。女儿见了车,高兴地直嚷嚷,连饭也顾不上吃了,非嚷着立刻就去学骑车。

女儿在车上骑,阿彪在车后帮着把车,可阿彪不知道怎么把车,害得女儿连摔了好几跤，裤子磕破了，手上也流出了血。

女儿还想学，阿彪说："不行不行，女儿哎，爸爸帮你去请师傅。"

阿彪求遍了村里有自行车的人，但没人答应。本来嘛，每个人都要出门赚钱养家糊口的，哪有闲工夫陪着学骑车。

阿彪没有办法，只好又去求跟他有点远亲的三根。三根还是那句话："我没有空，我明天要到砖瓦厂运砖的。那儿做一天工结算一天工资，不去的话拿什么养活老婆孩子！"

阿彪说："我跟你换，你教我女儿学骑车，我替你去砖瓦厂运砖，赚来的钱全归你！"

这天，女儿兴冲冲地跑进来，一把拉起阿彪："懒爸爸，太阳都晒到屁股了，你还在睡觉，村里人哪个像你这样懒哦。快起来，我已经学会骑车啦！"

阿彪揉了揉眼睛坐起来说："女儿哎，我正梦见你在骑车，骑得好快，人家都追不上你呢！"

这里的大树不落叶

一上午，刘雨茗一个人坐在那里直后悔，说不该跟着同学出去逛街，否则也不会丢了钱包。中午，大家都出去吃饭了，她说没胃口不想去。这时，她听到外面有人叫，说是学校门口有人找。出门一看，一个穿着黄色背心的瘦老头站在那儿焦急地伸着头往里看，旁边停着一辆垃圾车，看见刘雨茗朝他走来，便拿起手里的一个小本子不停地对照着看。刘雨茗看见他手里那本暗红色的学生证，大踏步地跑过去，几乎是夺过老人手里的学生证，高兴地大叫："您帮我找到啦！"

老人说："你是刘雨茗？"

"当然当然，你看看照片，那还有假？"

"你包里还有什么？一共有多少钱？"

见刘雨茗一一答对，老人才笑着从兜里掏出钱包给刘雨茗。

"我在天心公园附近扫地时发现的，幸亏我眼神好，要不然，可真丢啦。"

刘雨茗不顾老人脏兮兮的手，硬要拉着他去附近的饭馆吃饭。老人慌忙挣脱了刘雨茗的手，说他还有很多地要扫呢，他找到这儿来已经耽搁了不少工夫，他得赶紧回去。

刘雨茗从包里抽出一百元钱塞给老人，老人说："我哪能收学生娃的钱，要是这样，我就不把钱包送过来了。"

刘雨茗感动地连声说谢谢，目送着老人蹬上垃圾车骑远了。

这天，刘雨茗做完家教回来，靠在公交车的窗户上，看着外面的景色。她在这个城市已经三年了，但她还是不熟悉这个城市的巷巷道道。城市街道不宽，黑色的沥青路面铺满了黄色的樟树叶，刘雨茗看着这些，脑子里突然闪过一个念头，这些日子，城市里正铺天盖地地宣传创建省级文明卫生城市，那个捡拾她钱包的老人清瘦、苍老的形象浮现了出来。

刘雨茗回到寝室跟同学们一商量，大家都赞成她的主意。接着她在学校的论坛上发了一个帖子，把自己丢失钱包失而复得的经过详细地描述了一遍，然后说愿意参加她活动的人请跟帖，很快就有十多个人跟了帖。

那天晚上，刘雨茗和她组织的一帮同学拿着扫帚、畚箕浩浩荡荡地赶到了天心公园附近。人多力量大，不一会儿，就把周围铺满落叶的街道打扫干净了。然后，他们又偷偷撤了回去。刘雨茗把这次行动称为"感恩行动"。

第二天，刘雨茗特意起了个早，骑车到天心公园。一下车，她就傻眼了。明明昨天晚上她们都打扫得干干净净的，现在街道上像被施了魔法，似乎整个城市的落叶都铺到这儿来了，脚踩上去沙沙作响，风一吹，那些落叶肆无忌惮地旋着舞姿飞落地面，那个老伯正吃力地佝偻着身子往车里倒一畚箕一畚箕的落叶。

检查团两天后就要对这个城市做检查，如何对付这绵绵不绝纷飞不已的落叶，刘雨茗发在论坛上帖子，很多人提出了各种各样的建议。

刘雨茗都觉得不靠谱。那天晚上，他们又组织去天心公园。当场，几个力气大的男生抱着树干摇晃起来，树叶纷纷飘落，这让刘雨茗和那些女生挺高兴，边打扫边夸那些男生聪明。可接下来问题就来了，有几棵树已有好几十年的树龄，树干粗壮，那些男生憋红了脸，使出了吃奶的力气大树仍然纹丝不动。

有个男生说："这样也不是办法，你们有没有发觉，我们摇落的是快要掉落的树叶，还有很多发黄的树叶一下子掉不下来，而这些树叶经过了一个晚上第二天还是要落的。"

怎么办？有人说，用网兜罩住那些树叶，那叶子不是就掉不下来了？有人说爬上去将那些发黄的要枯干的树叶打落，这话提醒了刘雨茗，她说我有办法了，我们去搞些长杆子来。于是大家分头去找长杆子，按刘雨茗的指示，那些男生在树枝上用力敲打，果然，那些发枯、深黄色的树叶如硕大的雨滴纷纷降落下来，扫到很晚，他们才悄悄地溜进校门。

第二天，刘雨茗依然起了个大早，骑车去天心公园，下了车，她看见那个老伯挥舞着扫把在扫地，刘雨茗走上去打招呼。那个老伯待了一会儿才认出来："哦，你是那个大学生啊，认识认识。"

"明天检查组要来检查了？"

"是啊，我特意起早了一个钟头来扫地，奇怪了，这些天大树似乎停止了落叶，我一上午扫下来也不见多少啊。哈，老天爷也在帮咱们这个城市呢，这次检查一定能通过，姑娘你说对不？"

"老伯您说得对，咱们城市这么干净，一定能通过检查！"刘雨茗抬起头，恰巧一枚落叶悠悠地飞落下来。她轻呼了一声，连忙伸出手臂，落叶调皮地打了个旋，落在她张开的手掌上。刘雨茗得意地看着老伯，两人对视着笑了。

水缸里的爱

当许川在饭桌上慢吞吞地宣布他考进了重点中学时，父亲说："那不行，我已跟刘村的木匠师傅说好了，下个月起，你跟他去做徒弟。穷人家学些手艺才是正经。"

母亲看看许川，叹息着说："是啊，谁让我们穷。你得赚些钱来帮助家。"

许川不言语。他是这个家里最小的，比他大两岁的哥哥早就在干活挣钱了。

"明天你去告诉老师，就说咱们没钱读书。" 父亲说。

许川的班主任周老师是个又矮又瘦的老头。其实他不老，五十多岁，但因为长相显老，所以同学们都认为他是个老头。

许川把他不能上重点中学读书的事告诉他，周老师拍拍他的肩，说："是你爸爸一个人的意思？"

"不，我妈也这么说。他们说我们家太穷了，爷爷奶奶都生病，我们得齐心协力赚钱养家。"

周老师考虑了一下说："是啊，这事是有点难。你爸爸妈妈要养活一大家子人不容易。不过我想，我可以去做做他们的思想工作。"

许川很高兴，说："真的？"

周老师摸了一下他的头，说："我试试看能不能说服他们。你想，我教了你五年，我的口才还行吧？"

许川笑起来，带着崇拜的表情仰望着他："当然行，我相信您。"

周老师哈哈笑起来："走吧走吧，我和你一起去。"

等周老师到许川家的时候，已是掌灯时分，父母刚从田里回来，他们看见周老师显得有些慌乱："您看，这家里乱糟糟的。"

母亲手忙脚乱地收拾着屋里的杂物。周老师说："你们别忙活了，我只是来跟你们聊聊。嗯，孩子，你可不可以到外头去？我想，时间不会太久。"

许川站到院子里，天还不是很热，夜晚特别凉爽，很多小虫子朝着亮光飞舞。

不一会儿，周老师出来了，后面跟着父母。周老师摸摸许川的头，说："好好努力，为你爸你妈争光。"

父亲攥住许川的手，一直把周老师送出院子。母亲回头看了看许川，好似不认识他要重新再认一遍似的，她的目光里充满了兴奋，这使许川忐忑不安的心有些安定下来。

"你看，你老师说你是块读书的料，不让你读书就太可惜了。所以，我们全家人都得为你做出牺牲。"

许川低下头，听着父亲有些严厉的声音，心里充满了愧疚感。他们没日没夜地干活，而他却仍然要依靠他们的血汗钱来供养自己读书。

"爸爸，我……不去读书了，我也要去干活挣钱。"

"那你老师不是白上咱家来了。书呢，还是去读。不过，你也得为这个家做贡献，明天，我跟你大林伯去说说，让你到他的建筑工地找份活干。"

每天天不亮，许川就起了床。母亲说："娃呀，天还早呢，再睡会儿吧。"

许川说："我去挑水。"

河在远离村外的小金沟，许川担着两桶水静悄悄地走到院子里，又静悄悄地把水倒到水缸里。周老师的两间矮房子黑咕隆咚的，只有风吹得门前的树枝哗啦哗啦响。许川想到周老师早晨起床看到满缸水惊讶的神情，不由轻轻地笑了。

那天早晨，许川又往周老师家担水的时候，发现水缸里的水满着，水缸盖上压着一张纸，上面似有字迹。借着淡淡的晨光，周老师斗大的字映入眼帘：孩子，我知道是你往我家挑的水。你正在长身体的时候，工地干活又辛苦，要多休息，下次不要挑水来了。这袋干粮带上，给你在工地干活吃。许川用手摸了一下，袋子还是热的。

许川离开周老师家，走出很远很远的时候，他回了一下头，见周老师家的灯亮着，许川想：黑暗中，又矮又瘦的周老师一定倚在门上看着我行走的方向吧，泪水一下子模糊了他的眼睛。

让风筝飞得更高

临近黄昏的时候，常余把担子挑到了学校门口，担子一头是加热用的炭炉，另一头是糖料和做糖人用的工具。那时正是学校放学之际，有很多小朋友围过来，他坐在那儿，把蔗糖和麦芽糖加热调和，然后一阵搓、捏、揉、压，一个个形状各异的糖人就成了。小朋友们稀奇地看着，争着要糖人，叽叽喳喳像群小麻雀，常余白净瘦削的脸上露出了开心的笑容。

常余刚刚辞了一份工作，他的父母花了很多心思，托了好几个人才给他找到这份工作。那家单位每天进进出出很多来自各地的官员、老板。他在那儿管门卫，一千元的工资。有一天下了一场雨，院子里的树掉下很多落叶，常余刚刚扫干净落叶，一阵大风吹来，那些落叶似春雨般纷纷扬扬又撒满了院子，他握着扫帚正想去扫。这时开进来一辆车子，里面坐着一个司机和一个老板模样的人，他听见那个司机说，院子里那么多落叶也不知道扫一扫,养着那帮看门狗每天闲待着都不知干些啥事?那个司机,看起来才二十刚出头的样子,满脸一副高傲和不可一世的神情。那一刻,常余下了辞职的决心。

于是,常余重操旧业,捏糖人。那是自他爷爷开始就做这个的,他从小耳濡目染,所以做起来得心应手。但小朋友的兴趣很快就转移到了一个做棉花糖的小贩身上,他坐在那儿,神情显得有些落寞。

春天的时候,常余批发来很多风筝,那些小朋友又围着他了,叫嚷着:“叔叔!我买一个!叔叔!我买一个!”

那天,常余坐在摊前忙碌着手里的活时,那个长得又瘦又黑的小学生又来了。他来并不买东西,只是怯生生地盯着常余看,不说一句话。常余招呼他的时候,他头一扭,一溜烟地跑了。

常余向人打听。“他叫季小均。他妈死了,他爸出去打工了,他姐是个瘸子。”

那天,季小均又偷偷站到常余摊位前的时候,常余叫住了他:“季小均,你是不是喜欢放风筝?来,我送你一只,我们一起放好吗?”

季小均摇摇头,看着色彩缤纷、神态各异的风筝在天空中自在地逍遥着。

“好看吧,你放一只试试,肯定会比他们飞得更高。”

“神气什么,我姐姐做的风筝比他们的漂亮多了。”

“真的?你姐姐会做风筝?”

“嗯,不信你去看看。”

那天,常余等季小均放学后,用自行车载着他回家。季小均寡言,不是常余问,他绝不主动说话。

“季小均,你家这么远啊,怎么还没到?”

“不远,平常我要走一个多小时呢。你自行车快,马上就到了。”

“季小均,平常谁来照顾你们?”

“我们不用人照顾,我姐可能干了,会种地、烧饭,给我洗衣服,还会做风筝赚钱。”

“你姐多大了？”

“十六。”

“那不上学？”

“我姐说要供我上学，她让我好好念书，将来上大学，做城里人，然后接她去城里找爹。”

“你爹过年不回吗？”

“没回。一直没回。”

季小均不说话了，对常余的问话也不再应答。看来，这问题对他触动很大。

终于到了，这是一座几近破败的土坯房，潮湿、漏雨，墙体上有好几道长长的裂缝，床上面用一块塑料布顶着，里面没有一件像样的家具。常余从电视上看到过穷困人家的房子，但如此简陋的样子还是令他惊呆了。唯一亮眼的是黑泥地上堆着的色彩鲜艳的风筝，一些竹条、塑料薄膜和无纺布堆在墙角。

季小均顺着他的目光看过去，骄傲地说：“这是我姐做的。”

季小均的姐姐看见常余羞赧地笑了，因为营养不良，她看起来只有十二三岁的样子。

“我们村里的人可喜欢我姐做的风筝了，我姐做完拿到镇里去卖。叔叔，你以后批发风筝就到我姐这儿来，价格肯定比你批来的便宜。”

这小机灵鬼！常余明白他的用意了，笑着说，“好，好。不光我来批发你姐姐的风筝，我也让其他的人来买你姐的风筝，好不好？”

“真的啊？”姐弟对视了下，开心地笑起来。

“嗯，来，我们试一试你姐做的风筝吧，看它是不是比我卖的风筝飞得更高？”

季小均兴高采烈地拿着风筝来到门外，放上天去，那是一只色彩鲜艳的响尾蛇风筝，扁扁的三角形脑袋晃动着，尾巴一扭一扭地升上天去。三个人兴奋地仰着头，他们的视线随着风筝越飞越高，越飞越远。

献给天堂的生日礼物

微微生日快到了,他的爷爷奶奶、外公外婆、大姨小舅接二连三地打电话来,问今年微微生日怎么过?

微微说:"太没意思啦,老是去酒店吃大餐,今年,我要过一个不一样的生日。"

微微爸爸是做生意的,常年在外边跑,教育微微的任务就落在了微微妈身上。所以,微微妈只好辞了工作,当了全职妈妈。

有一天,微微妈在电视上看到一则新闻,心里有了一个主意。她问微微,愿不愿意拿出他储蓄罐里的钱,在生日那天去看望一些小朋友。

那天,微微妈带着微微开车去一个山区。渐渐地,车驶离了城区,周围的景色荒凉起来,路也变得坑坑洼洼。微微问:"妈妈,这地方这么偏僻,这些小朋友就在这儿读书啊?"

微微妈说:"他们是一群跟你一样的小朋友,等下见了他们,要多微笑,多表示友好,知道吗?"

学校到了,校长和几个老师热情地迎出来。微微妈打开后备厢,里面装满了新买的衣服、鞋子和学习用具。微微帮着妈妈把这些东西分发给小朋友。大冬天,很多孩子还只穿着单鞋,手上长满了冻疮。起初,这些小朋友见了他们还怯生生的,但很快,在接过礼物的时候就开心地和微微攀谈了起来。

微微妈站在一边，看微微没有露出优越感和不可一世的神情，心渐渐放了下来。

回来的路上，微微迫不及待地跟妈妈说了起来："那个叫李东明的小朋友告诉我，家里就他和姐姐、奶奶，他爸妈都出去打工了，他姐姐早不念书啦。他每天天不亮就起床了，要翻两座山才能到学校哦。"

"两座山，那有多长路？要走多久哦？"微微自言自语道。

"还有哦，"微微趴在妈妈的座椅后面又说，"一个叫张兴厚的小朋友，看着我给他的巧克力问这是什么？能吃吗？哎呀，他连巧克力都没见过，他肯定连肯德基、必胜客都不知道。"

"是呀，我们该怎么帮助他们呢？"微微妈说。

"以后我生日不买礼物，把省下的钱全捐给他们。还有哦，我答应李东明的，放寒假的时候我接他到咱家做客。"

微微上三年级的时候，被诊断出患了白血病，在医院住了大半年。那天，微微跟妈妈说："妈妈，再过两天就是我的生日了，今年我不能陪你到学校去看那些小朋友了。但你要记得哦，把我攒下来的钱买礼物送给他们。"

微微妈含泪答应了。

生日那天，微微在半昏迷中睁开眼睛，看见床前齐刷刷站着那所学校的小朋友，他们每人手里拿着一样送给微微的礼物：草编的蚂蚱、鲜花扎成的花环、弹弓、玻璃球……他们围着微微，轻轻地唱：祝你生日快乐！

微微开心地笑了，他看见长着翅膀的小天使朝他走来，拉住他的手朝天上飞去。微微透过云端看下去，那些小朋友围在他的床前唱着歌，他们的歌声一直飘上云霄。

每年，微微生日那天，微微妈都要开车载着送小朋友的礼物去学校。后来，微微妈老了，开不动车了，那些被捐助过的学生从全国各地回来，在微微生日那天继续着他们的捐助活动。他们相信，微微在天堂里一定能看见这些，他们的行动是献给在天堂的微微最好的生日礼物！

阿齐婶的忆苦饭

王小栓拖着两道鼻涕飞也似的跑到操场时,阿齐婶正在台上一把鼻涕一把泪地说:“……那年冬天,雪下得足足有三尺厚啊,我只穿着一件单薄的衣裳,脚上一双烂鞋。好不容易讨得一碗热乎乎的粥,等我跑回家,把粥给生病的娘喝时……她,已经咽气了。”

阿齐婶呜咽起来,同学们在台下哭成一片,有的使劲用袖子擦泪,有的哭得肩一耸一耸的。

接着是校长上台讲话。校长说:“同学们哪,万恶的旧社会,穷人吃不饱,穿不暖,还要受地主阶级的欺凌压迫。现在你们多幸福啊,你们生在新中国,长在红旗下,吃得饱穿得暖。可有些同学不懂得珍惜粮食,‘谁知盘中餐,粒粒皆辛苦’啊,竟然把白花花的大米饭往泔水桶里倒……”

王小栓心不在焉地听着,从食堂那边飘来一阵一阵的香味,王小栓这时才感觉肚子“咕咕”直叫。他的心思早不在校长的讲话中了,巴不得快点飞奔到食堂去。

校长终于讲完了,同学们争先恐后一窝蜂地拥进食堂,那里飘溢着一股涩涩的香味,长凳上搁着几只大木桶,正袅袅地升腾起氤氲的白烟。王小栓踮起脚尖,伸长脖子看着前面的队伍。那股香气让他不住地直咽口水,他边把从家里带来的那只掉漆的铝碗抵在前面同学的后背上,一边连声催促着:“快点!快点!”终于轮到他了,食堂师傅用大木勺从桶里舀起颜色黯淡的糊糊，"刷"地一下倒进他的饭碗里。他一看，黄黄的、稠稠的半流质的东西，大概是米粉，中间掺杂着几根黄绿色的菜叶。王小栓闻了闻，皱起眉头说："这就是忆苦饭啊，怎么像我家在猪槽里拌的猪食？"

黄老师听见了，大步走过来，揪了一下王小栓的耳朵，批评道："王小栓，你再胡说八道，上课要同学们开你的批斗会！"

王小栓缩了一下脖子，连忙说："黄老师，我再也不敢了，你就饶了我吧。"为了显示一下他的积极性，他大口地吞吃起来，还对周围苦着脸的同学说："好香，多好吃的美味啊！"

黄老师看了一下同学们，像背口诀似的瞪着眼说："大口吃，快速吞，不要浪费了知道吗？"

王小栓大声说了一句："对，大口吃，快速吞！"说罢，一闭眼，仰起脖子，用勺子扒着饭大口大口地吞咽了下去。他只觉得那股味道怪怪的，透着一股酸腐气，照着平时，他老早就把它吐了出来，可黄老师在旁边站着呢，他可不想被开批斗会。

阿齐婶端着饭碗过来了，看见王小栓的吃相关心地说："慢慢吃慢慢吃，别噎着！"

阿齐婶的语气增添了王小栓自我表现的勇气，他"刷刷"几下把剩下的吃干净，然后环顾四周，炫耀似的又大声说了一句："很好吃啊！"他以为黄老师会表扬他，他正争取入红小兵呢，怎么着也得表现积极点，可黄老师只是皱着眉瞪了他一眼。

阿齐婶满意地说："想当年，吃的饭是糠多菜少，还没有盐和油……唉，如今这忆苦饭不知好了多少倍，我娘能吃上一口也不会被活活饿死。"

"哇！"王小栓旁边的一个同学吐出来，"很难吃呀，我咽不下去。"

阿齐婶惊慌地说："这孩子，不能吐啊！你瞧大婶。"说着，她大口大口地吃了起来："很香啊。"

那个同学看看黄老师，撇撇嘴唇，又拿起碗，皱着眉吞了起来，塞得满嘴都是黄黄的细糠和黄绿色的菜叶，他使劲想把它们吞咽下去，梗着脖子努力了几次，食物还是在嘴巴和喉咙间徘徊，看他的神情，已是要哭的样子。

阿齐婶说："你看大婶怎么吃。" 她用勺子扒了几大口，咕嘟一声就咽了下去。"你吃吃看，你吃吃看，很好吃的。"

王小栓站在一边幸灾乐祸地笑，他庆幸自己终于吃完了那碗饭。他想下次打死他他都不要吃了。

同学终于咽了下去，眼泪汪汪一副痛苦的样子。

阿齐婶满意地擦擦嘴巴，说："这样才对嘛。"

多年后，已是一家酒店总经理的王小栓遇见了阿齐婶。阿齐婶依旧很健康，只是头发全白了。王小栓想起往事，不由调侃她："阿齐婶，忆苦饭很好吃啊。"

阿齐婶撇撇只剩几颗牙的嘴巴，满脸的皱纹舒展开来，她笑着对王小栓说："我那时净说瞎话。你说，忆苦饭哪有白米饭好吃呀！"

变成一株水仙花

墓地旁，一个小姑娘手里捧着一盒水仙花球朝他走过来。

"叔叔。" 小姑娘轻轻地喊了一声，她的身边站着妈妈。

他低下头，看见小姑娘眼睛通红，"请您回家种下这些花球，到了春天，它们就会变成那些绽放的花朵。一定会的，请相信我。"

他接过盒子，圆圆的水仙头让他联想到洋葱，他无法想象它开花的样子。

女孩的妈妈说:“我们都很难过……”她看着那冢新泥盖上的坟墓说:“我女儿,她相信她的好朋友到了那边,会变成花仙子。”

他点点头,伸手摸了摸女孩乌黑的头发。她是女儿最好的朋友,她的生日比女儿小,所以她喊他女儿“姐姐”。

“谢谢。”他努力向女孩绽开一副笑容,目送着母女俩随着送葬的人群慢慢走下山去。

回到家,坐在女儿的床上,他想起那晚跟女儿讲希腊美少年纳西塞斯的神话故事,女儿说:“他长得那么漂亮,我看到他也会爱上他的。”

他和妻子听了哈哈大笑。女儿捧着泰迪熊也咯咯直笑,她的笑声像清脆悦耳的音符,在乐器上快活地滑来滑去。

他跟女儿道晚安欲回房间。女儿拉住他:“爸爸,你可不可以陪我睡我会儿?”

他想了想,躺下来,拍着女儿,轻轻哼着歌。一会儿,女儿睡着了,他悄悄起身。

“爸爸,为什么你这么大人了还要跟妈妈一起睡?我这么小却要我一个人睡?”女儿没睡着,突然睁开眼睛问。

“你长大结婚后,也会有一个男人陪在你身边,跟你一起睡。”

“是谁?水仙王子吗?”

…………

他坐在那儿,发现自己在大声抽泣,眼泪濡湿了手里捧着的泰迪熊。

“到了春天,它们就会变成那些绽放的花朵。”他的目光转到窗台上的那只盒子,想起小女孩的话,他“腾”地一下站了起来,在屋子里寻找可以养花的盆罐。

他们从来不养花。他跑进房间,对躺在床上哀伤流泪的妻子说:“我们有一个希望,到了春天,女儿会变成绽放的水仙花来看我们。”

妻子睁大了眼睛看着他,他攥住妻子的胳膊,说:“走吧,别老是待在屋子里,我们去买一个养花的盆子。”

他和妻子有些紧张地走进花鸟市场，镇子很小，他们觉得周围的人都用一种同情、不解的眼光看着他们。他想：自己从来就没有那种闲情逸致，他们只是来寻找一只适合养花的盆子。

一个女人走过来跟他们打招呼，用一种悲痛、哀伤的口吻说："我刚知道了你们女儿的事，真是太令人伤心了……要不然，我一定会去送这可怜的女孩一程。"

他瞄了妻子一眼，她呆立在那儿，几乎要哭出来了。他匆匆地找了个盆子，也不问价格，付了钱，匆忙拉起妻子，逃也似的离开了。

他洗那只盆子时，才发现陶盆有一道细细的裂痕，他注入水，观察了一会，还好，没漏。照着百度上搜寻到的养花方法，他将水仙头褐色的老茎片和老根剥离干净，然后放入养殖的水仙花盆中，加了水。妻子注视着水仙花球，用一种疑惑的目光看着他。他看了一下妻子，转头看着花盆说："是的，女儿会变成水仙花来看我们的。"

那天晚上，他又在梦中看见了女儿。"女儿，"他喃喃地叫了一声，"水仙王子虽然长得漂亮，但他不爱别人，只爱自己。你在天堂长大后，千万别找这样的人。"

他听见女儿清脆悦耳的笑声，她的身上散发着杧果味的清香，但她的脸却从边缘开始模糊，他看不清她的脸。就在这时，他的耳边传来一声惊叫，他听出是妻子的声音。他睁开眼，看见妻子激动地站在床边，使劲推搡他。她把他拉向客厅，他一眼看见茶几上放着的那盆水仙花，在一丛一丛碧绿修长的叶间，错落有致地绽放着几朵洁白如玉的小花，花中嵌着一晕嫩黄的花蕊，像仙子般亭亭玉立。

他"刷"地拉开窗帘，温暖的阳光像一道透亮的射线，把室内照得通亮透明。他和妻子激动地蹲在水仙花前，眼神专注，虔诚地等待着女儿的到来。这时，一缕微风从窗外飘拂进来，一股清香溢满了室内，他仿佛看见女儿身着仙服款款地降临到水仙花丛中，水仙花开得更加清丽脱俗了。

"是女儿，真的是女儿来看我们了！"他搂住妻子，禁不住泪流满面。

正面人物

卢伦的儿子卢小宝手里拿着一只新买的弹弹球正边玩边跟周围的小孩子们吹嘘,康大利走过来,说:"嗨,小子,手里拿着什么呢。"

卢小宝赶紧把球藏到背后,说:"没什么。"

他的动作不够快,康大利早看见了,他大步走过去,抓住卢小宝紧攥的手:"你这个撒谎精,松手!"

卢小宝哭起来。

康大利使劲掰开卢小宝的手,胜利地拿到了弹弹球。

"还给我!还给我!"卢小宝跟在康大利后面,哭着说。

"想吃拳头吗?"康大利一拳就把卢小宝打倒在地,然后玩着弹弹球得意扬扬地上了街。

中午吃饭时,康大利回到家,见家里冷锅冷灶的,不由大嚷:"妈,你儿子肚子饿了,你怎么不烧饭?!"

母亲冷着脸坐在那儿不说话,康大利又叫了一遍。

"妈,我肚子饿了。你耳朵聋啦!"

"你还想吃饭,你这个闯祸精!一天到晚净惹事。人家小宝的父母都来告状了,这么大人了,还抢人家东西。你不嫌丢脸我还嫌丢脸呢!"

母亲越说越气,从椅子上站起来作势打康大利。

康大利一把抓住母亲的手:"妈,别惹我,我不想打女人!"

母亲气不打一处来:“你反天啦,敢打我!”她的手还未挥出去,被康大利一扯,人站立不稳,“扑通”一声倒在了地上。

康大利说:“妈,我说过叫你别惹我的。是你自己摔倒的啊!”

母亲伏在地上大哭起来。

康大利跑到街上,又冷又饿,摸摸口袋,一个子儿都没有。他百无聊赖地在大街上闲逛,想着怎么弄到点钱和吃的。包子铺倒是有热气腾腾的包子,不过他们看见他像见了贼似的,满脸的警惕,不好下手。

“这帮吝啬鬼!等哪天老子有钱了,把你们的包子铺全买下来!”康大利狠狠地想着。

街角拐弯处,趴着一个瘦骨伶仃的小乞丐,细胳膊细腿像麻花似的,仿佛那是另外长出来的细棒子。小乞丐脸皮冻得发紫,看见他,喃喃叫:“可怜可怜我,给点钱吧。”

康大利蹲下来,看了看小乞丐眼前装钱的塑料碗:“你叫老子施舍钱,老子还没你富呢。”他想趁小乞丐不注意抓几个钱再逃走。他看了看四周,小乞丐脚不会走路,应该有同伙,不能贸然下手。听说那些人故意把骗来的小孩手脚弄残,再利用他们骗钱。他又蹲了一会儿,没发现有可疑之人。他们不见得整天都盯着小乞丐吧?于是,他迅速从塑料碗里抓了钱站起来。

一个男人抓住他的手:“你连乞丐的钱都要偷!”

康大利挣扎着说:“我没有偷!你这个骗子!你这个人贩子!”

男人说:“别乱叫!”

康大利见男人不喜欢他这样骂,偏大叫起来:“你这个大骗子!你这个人贩子!”

男人很生气,刮了他一个耳光,又重重地搡了他一把:“拿去拿去!你这个臭小子!”

这下康大利不依不饶了,扯住他边哭边骂:“大骗子!人贩子!”

人越聚越多,男人慌了,欲挣脱康大利的拉扯走掉,康大利使劲抓住他边哭边叫,直到来了警察。

康大利出名了。原来,那个男人正是利用骗来的孩子赚钱团伙中的一员。

记者来采访,刚好采访到了卢小宝的父亲卢伦。

“你说康大利啊,这镇里人都知道,那可真是个好孩子。他正派上进,爱打抱不平。谁家有难事,他都乐于帮助。这个……前几天吧,一个孩子玩的弹弹球掉进了池塘,他还跳下去帮着捡回来,要知道天这么冷哦。”

“他家,哦,他对他母亲可孝顺了,从来不顶撞他母亲,每天帮着做家务。你想,这么大小子了,谁待得住家啊,早外面疯跑去了。他呢,帮着他娘淘米洗菜,端洗脚水,还给他娘洗脚呢。他娘真是好福气哦。”

“大家都喜欢他。我们早知道,他将来是要干一番大事的。这不,他做了吧,他成名人了!”

卢伦的那番话被稍微压缩后登在了报上。镇里人笑话他,他说:“我不这么说别人也会这么说,康大利是被当作正面人物报道的,咱们镇不也就此沾了光吗?何况,报纸上是绝对不会登那些不利于正面人物的话的,不信你去试试!”

我是桑塞

主人总是喜欢双手插在兜里带着我溜达,嘴里翻来覆去哼着一首曲子。他走路的样子很帅,常常,我故意落在后面,对他的背影发会儿呆,然后,不等主人招呼,我又很快跑到他前面去了。

我长得不好看，灰白色的毛长短不齐，耳朵耷拉在脸的两侧，一双不大的眼睛被长长的毛覆盖住了，尾巴又短又粗。跟我的主人相比，我有点自卑。好在，主人一点也不嫌弃我。他喜欢叫我“桑塞”，一个很拗口奇怪的名字。既然他这么叫我，那么我就叫桑塞好了。

一条野狗从田间窜出来冲着我凶凶地叫，我站住，四只脚弓着，对它龇牙咧嘴报以威胁性的咆哮。野狗看着我怯怯地退了两步，低下头，跑到我跟前闻我的下身和腹部，然后用温顺的目光看着我乞求原谅，我很受用地闭着眼哼哼着。

“桑塞！桑塞！”主人在前面叫唤我，我急匆匆跑过去，再次进入他的视野，我看着他，突然觉得沮丧和忧伤。

主人托起我的下巴问：“怎么了，桑塞？你好像有点不开心哦。放心吧，城里有高楼大厦、公园、汽车、好多好多玩具、很好吃很好吃的东西，还有许多跟你一样的漂亮伙伴哦。”

我不说话，只是用鼻子依恋地磨蹭着他棱角分明的脸，我想，如果主人知道我的计划，他也会像我一样忧伤的。

我们回了家，我知道这是最后一次跟着主人散步了。我趴在院子里的泥地上，看着远处茂密的树林，农家屋顶上的袅袅炊烟，院子里熟悉的花草和矮矮的灌木丛。在这里，我和我的伙伴们无忧无虑地四处闲逛，夏天在河里洗澡、玩耍，寻找好玩的宝贝。有时，我们什么都不做，安静地四肢摊开躺在草地里，看阳光一点一点地从我们的身上移到晒谷场上，那儿，金灿灿的谷海亮花了我们的眼，我和伙伴们趁主人不注意，偷偷地跑过去，在谷堆上嬉戏玩耍。

主人在打电话，我伸出前爪抬起后背，耳朵竖了起来。一会儿，我听到摩托车发动的声音，我跑出院子，看见主人骑在摩托车上呼啸着绝尘而去。

我有些留恋地环顾了一下四周，然后跑了起来。我一直跑到了村口，没有人注意我。我又使劲地跑，只觉得热血沸腾。我跑过了大毛家的畜棚，跑过了村长家的养鸡场，跑过了王寡妇家那低矮的房屋。路很长，但我不怕。

风在耳边呼呼地吹，鸟在树枝上叽喳乱叫，白云在天上急急飘过。我跑着，终于，我看到了那座桥，我知道，只要过了桥，我很快就能找到我的藏身之地，然后，等主人离开，我就能永远留在村里。

这时，我听到了叫喊声，起初声音从远处传来很低沉，我顿了一下，声音似乎清晰了起来："桑塞！桑塞！"我又连忙飞跑起来，那是主人焦急的呼喊声，还有摩托车"突突突"的声音。

"桑塞，桑塞！你在哪里？快回来啊。"呼唤声依然继续。我终于跑上了桥头。

片刻的静默之后，呼唤声变得柔和起来："桑塞，我们回家吧。"我心一酸，突然想起以前和主人相处时的点点滴滴。主人在我生病时彻夜不睡对我的照料，每天带着我散步时的形影不离，烦恼时对我的喃喃倾诉。主人从没把我当成一只狗，他把我当作了他忠心的朋友。

想到这里，我犹豫了起来。我在桥头上来回打转，是走还是留？

可是，我不喜欢去城里，那儿空气污浊，车流拥挤，那儿的狗成天被关在盒子一样的房子里，脖子上还被拴着狗链，即使出门也被拴着。那儿的人心更加叵测，他们把狗当作宠物而非朋友。一旦年老或残疾，他们就随意地把狗丢弃，甚至，他们还残忍地杀狗吃狗肉。我知道，人是个善变的动物，到了城里，主人也会慢慢变得跟城里人一样。

"桑塞！桑塞！"主人的叫声越来越清晰，远远地，我看到了主人那个健硕挺拔的身影。我充满深情地看了主人一眼，扭转头全速跑了起来。我觉得自己从来没有跑得这么快过，即使被村子里的恶狗打得落荒而逃的时候也没这么拼命地跑过。我跑，沿途的岩石也不能让我放慢速度，甚至，我顾不上荆棘丛中锋利的刺划破了我的腿。我跑过了桥，跑上了公路，跑到了山洞边。主人的声音渐渐远去，我站在那儿，仰起头，朝着消失成一个模糊黑点的主人身影哀伤地长叫了一声。

痴心戈尔

一天，李尔扔垃圾的时候，在垃圾箱旁看见了一只狗。狗灰尘满面，浑身上下十分肮脏，看不出毛色，左耳血肉模糊，一副饥饿相。

李尔动了恻隐之心，他从家里拿来包扎的药，还在小卖部买了火腿肠让它吃。但狗仿佛不领情，露出凶相，朝李尔吼叫。李尔躲到一个角落里，狗四顾无人后开始吃东西。

第二天，李尔上班经过垃圾箱，那只狗不见了。李尔想那八成是只流浪狗，不知它耳朵的伤好了没有？

半个月后，李尔去几十里外的奉城办事，回来的路上在一个垃圾箱旁又看见了那只狗，它仿佛更瘦更脏了，围着垃圾箱不停地打转吠叫，看上去疲惫不堪。刚好附近有家狗食超市，李尔进去买了几听罐头，打开来放在狗面前。狗显然认出了李尔，知道他没有恶意，不再吠叫，很快埋头吃了起来。

就这样，它跟着李尔回了家。李尔给它洗了澡，才发觉这是一条浅灰色皮毛的狗，从头部往脚下颜色递深，眼眶、爪子和前胸点缀着耀眼的白花，眼神温顺而又倔强。洗过澡后的狗看起来显得精神多了，李尔给它起了一个很洋气的名字“戈尔”。

但戈尔对这一切似乎不领情，每隔几天便要跑出去一趟，回来的时候总是又脏又瘦。于是，李尔给它上了锁链。但只要李尔一打开锁链，戈尔便会乘他不备一下子冲出门去。李尔为这条狗伤透了脑筋，他开始有些后悔收养这条狗,因为他发现自己对它有了感情。

这次,戈尔跑出去的时间有点长,七天了还是杳无音信。那天,李尔开着车沿城寻找,找了大半天,终于在郊外的垃圾箱旁看见了又脏又瘦的戈尔,只见它朝一个肩背编织袋捡垃圾的人边吠边追,被追的人烦了,回过头拿手中的棍子吓它。戈尔停住了,它失望地转过身又跑了起来。

李尔回到家的时候,戈尔已等在门口,一见李尔,它便主动凑上去低首俯耳地亲热。李尔蹲下身摸了摸它的头说:“你为什么老是往垃圾箱跑呢?难道你以前的主人是捡垃圾的吗?”

谁知,戈尔一听“捡垃圾”这三个字,突然兴奋地“汪汪”叫起来,边叫边咽唾沫,还高兴地直摇尾巴。李尔有些失望,再怎么说,他这儿的条件总比它跟着捡垃圾的主人强多了,何况,他养了它已半年多了呢。

这以后,戈尔好些日子没跑出去,即使出去,第二天就回来了。它对李尔仿佛逐渐有了亲热感,早晨李尔去上班的时候,它就用嘴叼着他的包送到李尔的手上,晚上李尔回到家,它就围着李尔撒欢,舔他的手,李尔也不再用锁链锁它,有时还带着它在小区内散步。它也变得越来越强壮,快跑起来的时候,贴着地面滑行的样子就像一只矫健的狼。

那天的事情来得没有一点征兆。下午,李尔带戈尔走在小区的绿荫道上散步,一个肩背大编织袋、衣裳破旧的拾荒人两眼死死地盯住了戈尔,然后他叫了一声:“欢欢!”戈尔听到他的叫声,咧开嘴,立刻高兴地迎着他跑过去,它的耳朵往下耷拉着,闻闻他的手便舔了起来。

李尔心里格登了一下,他说:“它现在叫戈尔。你认识这狗?”

“对呀,那狗就是我的,后来它自己跑丢了。你瞧它见我时的那副亲热劲儿,就知它对我有多粘乎了。”拾荒人转了一下他的小眼睛,边逗狗边说。

李尔说:“你想带它走?”

拾荒人看了一眼李尔,“你知道只要我一招呼,它就会立即跟我走。除非……”

李尔一下就看出了他的心思,“说吧,你要多少钱?”

拾荒人伸出两根手指，说："你也看出来了，那是一条好狗不是。两千，两千怎么样？"

李尔低头看了看戈尔，它趴在他们中间，脑袋低低地放在前身上，耳朵却竖起来，谁说话，它就抬头望着谁。

拾荒人见李尔沉默，说："这可是一条能干的狗，我还真舍不得呢。"

李尔掏出钱包，飞快地数出两千元钱，有些厌恶地塞到拾荒人手里，"拿去吧，以后别再让我在这儿看到你！"

拾荒人用手指沾了一下唾沫数起来，然后笑眯眯地拍了一下戈尔的脑袋说："去吧欢欢，跟新主人吃香的喝辣的去吧。"

戈尔仿佛有些懂了，它满地乱转，咬自己尾巴，嘴里呜呜哀鸣。

拾荒人渐渐走远了，戈尔出神地望着他的背影，又谨慎地望了一下李尔，嗅了嗅他的手。突然，他一跃而起朝着拾荒人飞奔起来。李尔心里很失落，站在那里看着戈尔似箭般追上了拾荒人。他看见拾荒人骂它，用脚踹它，但戈尔仿佛铁定了心跟他，一边蹦蹦跳跳买着乖，一边可怜地摇着尾巴讨好着旧主人。

"快滚，你这只缺耳朵的癞皮狗！"这次李尔听清了，拾荒人边骂边抡起棍子使劲敲了一下戈尔，戈尔哀嚎了一声，慢慢地趴伏在地上，呆呆地看着拾荒人渐渐走远。李尔走过去，在戈尔身边蹲下来，他看见戈尔温顺而又倔强的眼神里满是令人心碎的哀伤。

突然，戈尔立起身来，它飞快地朝着对面的墙冲过去，在李尔还没反应过来它到底要做什么的时候，戈尔的身体已缓缓地瘫软在墙下，雪白的墙上，开了一朵灿烂耀眼的血花。

PART 2

一头牛的记忆力

他的手每捡起一粒黄豆，似乎就感应到母亲也正捡起相同的黄豆往罐子里扔。那是一种希望，一种期盼，一种对逝去的日子的欣慰。罐子里的黄豆在增多，那么他和母亲相聚的日子就会越来越接近。

黄澄澄、圆滚滚的黄豆在罐子里依然寂寞地沉默着。

一张电影票

20世纪70年代末，电影票在我们小镇还是一件稀罕物。要是谁能搞到几张电影票，他（她）们的身价便会猛涨几倍。那时候我们的父母工资都很低，看电影对我们来说是一种奢侈。偶尔学校组织看电影，开头是那种纪录片，银幕上不断地闪着雪花子，解说的声音都跑了调，对我们来说，却像过节一样。

那年，小镇放映印度电影《流浪者》，按现在的时髦话来说，那电影火爆得不得了。我们全班同学几乎都去看过了，有人还连看了两遍。议论谁没看过的时候，我们都拿眼睛瞧张平。张平是个男学生，因为缺乏营养，头发稀少，所以大家给他起了个绰号叫“三毛”。他的父亲长年捧着一个药罐子，他的母亲在环卫所做清洁工，当我们谈论得眉飞色舞的时候，张平就躲在一边闷声不响。

这天，语文老师走进教室说：“这星期天的作业是写一篇观后感，相信大家都看过《流浪者》了吧？”同学们异口同声地说：“看过了！”老师满意地点点头：“好，就写这部电影的观后感，没看过电影的个别同学也抓紧时间去补上。”

我替张平担心，听说他的妈妈嗜钱如命。有一次，张平姐姐打酱油回家，不小心把找来的一分钱丢了，被她妈追打得满街跑。买电影票要一角钱，他妈哪舍得呀。

那天放学后我路过电影院，虽然，《流浪者》已放映了好几天，但买票的人还是络绎不绝。人们使劲拥挤着，一些力弱的人被挤到了外面，我看见张平站在买票的人旁边羡慕地看着。张平的成绩不错，尤其是作文，经常被老师当作范文在课堂上朗读。我想，没看过电影，看你怎么写哦。

“张平！”这时，我听见一声大吼，只见一个长得人高马大的女人拉着垃圾车冲向正入神的张平喊，“你不回家做作业，来这里干什么？”

“妈。”张平叫了一声，看来张平很怕他妈，怯怯地在跟她说什么。

“看电影？你妈我活了大半辈子都没看过一场电影，那票要多少钱啊？”他妈粗声大嗓地叫，不用扩音器，他妈的叫喊声连对面马路上的行人都听得一清二楚。

张平低声跟他妈解释着。

“我没钱！我们全家勒紧裤腰带，省下的钱全给你爸买药吃了。你看场电影，你爸就可以买一盒药了。回去！”张平妈看了一眼售票处的人群，拉起垃圾车走了。

张平哭了，跟在他妈后面边回头看售票处边抹眼泪。我很难过，我要是有钱，就一定会替他买张电影票。我想，张平妈真坏，不给儿子买电影票还这么吼他。

走了一会儿，张平妈妈停下脚步，看看儿子，看看电影院，说：“别号了别号了！你看，买票的人这么多。”她看了一下四周，突然跑到附近的农田里。那天刚下过雨，农田里一片泥泞，几个农民正低头在田里割菜，突然间看见一个黝黑粗壮的女人冲进田里，不知她要干啥？正呆愣间，只见她使劲抓起大把的黑泥，往脖子、胳膊、大腿和脸上抹，然后边嚷边朝售票处挤了进去。那些拥挤的人群先是闻到一股泥腥味，接着看见一个全身沾满黑泥的女人挤了进来，大家惊呆了，待清醒后，都惊叫着四下逃散，仿佛来了一头大狮子。售票处一下子空荡荡的，张平妈妈把泥手往衣服上擦了擦，从口袋里摸出钱，犹豫着捏了会儿，往里面递去。出来的时候，她手里攥着一张电影票，递给她的儿子。张平欢呼了起来，看见站在一边的我，得意地朝我扬了扬手中的电影票。

张平妈妈笑着看着她的儿子，这时候，她沾满黑泥的脸上露出了柔和而慈祥的神情。她向周围看着她的人们歉意地挥了一下手，又拉起垃圾车往前去了。

第二天早上，张平刚走进教室，就兴奋地冲着大家喊："昨晚，我也看了《流浪者》。啊！真过瘾，我觉得这是我所有看过的电影中最好看的啦！"

说吧，爸爸

父亲看着李尔，一言不发。李尔想：父亲今天怎么啦？他低下头，把碗里的汤喝得"嗞啦嗞啦"响，抬起头，见父亲仍坐在那里看着李尔，碗里的饭丝毫未动，他心里有点发毛。

"爸爸，你老这样看着我干吗？"

父亲说："李尔，我要去养老院。"

李尔差点跳起来，他装作伸出手去摸父亲的脑额。

"我没有说胡话。"父亲仿佛看穿了他的心事，"我以前是说过，这辈子我死都不去养老院。可是你瞧，你老出差，我一个人在家，没人跟我说话。好不容易盼到你下班了，你又嫌我烦。"

李尔觉得很愧疚。昨天，父亲对着刚下班的他又絮絮叨叨的时候，他生气地对父亲喊让他能不能少说两句。他烦着哪，单位领导的训斥就已经够让他受的了。

“我是自己想去的，我绝不会说是你送我去的养老院。”

李尔送父亲去养老院的那天是个晴天，阳光晒得人暖洋洋的，河边的柳树绽出了绿色的嫩芽，空气中有一丝泥土和青草的香味。李尔想：假如不是送父亲来养老院，能在这样的天气里去踏踏青该多好。但是，隐隐约约的，他的心里有一丝解脱了的轻松感。

养老院很干净，两旁的绿化带中间隔出一条宽宽的水泥路，屋檐下，很多老年人三五成群地聊着天，像一群鹦鹉在聒噪。看见李尔和父亲，他们都不出声了，只是一个劲地盯着他们看。李尔脸上热乎乎的，心里很不自在。他挽着父亲，加快了脚步。然后，他又听见他们聊了起来。

“又送来一个，人老了，孩子拿我们当累赘。”

李尔悄悄看了一眼父亲，他的脸上似乎有泪痕，看来他又偷偷哭过了。

“爸爸，等我娶了媳妇，有人照顾你了，我再来接你。”

父亲看着他点点头，似乎不太相信他说的话。

“真的，我说话算数。在这儿也好，至少，会有人跟你聊聊天，还有人照顾你。”李尔安慰父亲。

父亲笑了笑，说：“对，我也是这么想的。你去忙吧，不要惦记我。”

父亲的房间里还住着一个老人，长得慈眉善目的，父亲见了他，像见到了久别重逢的亲人一样，拉着他的手说个没完，完全忘记了李尔还在身边。

李尔每个星期去看一次父亲，后来十天去看一次，再后来半个月去看一次。他仍旧很忙，但再忙也得去看，即使是形式上吧，李尔想，至少，对父亲也是一种安慰。

李尔每次去的时候，总看见父亲在太阳底下挥着手兴致勃勃地说着话，那些老人围着他，有的入神，有的不屑，有的打着瞌睡，有的心不在焉。但这似乎一点都不影响父亲的说话情绪。

李尔这趟差出得有点长，至他回来，已是这个月的月底了。他走进养老院的时候，又看见那些老人聚在太阳底下晒太阳。他们看见他，都打量着他，有几个老人跟他点点头，嘴唇陷在没有牙齿的口腔里，一动一动的。李尔笑笑,他搞不清他们是不是在跟他打招呼?

快到房间门口时,他听见了父亲的说话声,声音抑扬顿挫,激昂有力。都七十多岁的老头了,说起话来还是这般地声高气昂的。李尔想:幸好把父亲送到养老院来了,在家里一个人还不把他憋闷死?

李尔推进门的时候先是看到一张床空着,他有种不祥的预感。养老院死人是经常的事。父亲站在那张床前,挥着手起劲地说着话。父亲看见他,突然变得神情沮丧。

李尔说:"不好意思,爸爸,我这个月出长差了今天才回来,上次我电话里跟你说过的。"

父亲坐下来,喃喃地说:"我知道。"

李尔看着那张床,小心翼翼地说:"那位老伯……"

送父亲来养老院之前,院长就交代过,少在老人面前提起关于死的话题。因为这里每逢老人去世,其他人都得惶惶不可终日好几天,这给服务工作带来很多困难。

"走了,都走了。他们不想听我说话。"

李尔不太明白父亲的意思,他说的也许有两层意思,又不敢明问。他觉得跟父亲越来越难沟通。他有些尴尬地垂着头坐在那儿。

父亲的下巴颏支在拄着拐杖的手背上,两眼死盯着李尔。

李尔说:"也好,一个人清静些。"

父亲突然大声说:"可是,我来这儿干什么?我就是想找人说说话!"他边说边不断地把手里的拐杖触着地,因为激动和难过,他的嘴唇颤抖不停,大颗大颗的眼泪流在皱纹密布的脸颊上,泪水在那张哀伤变形的脸上铺陈为一片水光。

李尔眼睛红了,他握住父亲的手,说:"别难过,爸爸,咱们这就回家,儿子愿意听你说话!"

去城里的路有多远

接到瓦儿电话之后，瓦儿娘就变得失魂落魄的，一会儿去猪圈里瞅瞅，喂些猪食；一会儿蹲在鸡窝前，叽叽咕咕也不知和鸡们叨咕些啥；一会儿又跑到地里去了，老半天也不见回来。

瓦儿爹寻到地里，见瓦儿娘蹲在麦田前，一副依依不舍的模样。今年的小麦长得特别好，风一吹，那些绿油油的麦子就摇晃起来，煞是喜人。

瓦儿爹说："行啦行啦，家里的牲畜、田里的庄稼我都会伺候得好好的。眼下最要紧的是，你得练好怎么进城，怎么伺候好咱们的媳妇和宝贝孙子呢。"

瓦儿娘"扑哧"笑了："这孩子还在肚子里呢，你咋肯定是男孩呢？"

瓦儿爹往店里买了红、黄、绿三个皮球，又用粉笔在院子里画了几道横线，用竹竿指点着说："这叫斑马线，过马路就得走这儿。还有，看仔细了，红灯停，绿灯行。"

瓦儿爹举起红球，瓦儿娘停在那儿不动了；举起绿球，瓦儿娘就走起路来，不过走着走着，瓦儿娘又忘了走斑马线。

瓦儿爹用竹竿敲了一下瓦儿娘的身子："你知道不，刚才这一走神，车子就撞到你身上来了。这一撞还不能赔偿，是你违反交通规则。咱乡下人不比城里人命金贵，可咱也是一条命。记住了，这田里的庄稼、家里的猪呀鸡呀，还有我，都等着你好胳膊好腿地回来。明白不？"

瓦儿娘瞅瞅瓦儿爹严肃的模样,没作声,不过,她再也不敢走神了。有时瓦儿爹出去,她就一个人在院子里练,嘴里一边念叨着:“红灯停,绿灯行,走路要走斑马线。”

瓦儿爹看了之后说:“这道关你算过啦。接下来,你要学几句普通话。万一出门迷了路咋办?”

瓦儿爹拿出一张纸,念道:“您好!请问锦绣华府A栋五〇六室怎么走?谢谢。再见!”

瓦儿娘说:“要是我去别的啥地方,那怎么说?”

瓦儿爹说:“啥地方也不比回咱儿子家重要,千万别把自己给弄丢了。儿子的手机号记住了吗?”

瓦儿娘点点头。学普通话很拗口,幸亏句子不长,瓦儿娘早念叨晚念叨,总算把那几句普通话给讲利索了。

瓦儿爹又说:“虽说是儿子家,但还有媳妇呢,肚皮没疼过的毕竟不知深浅。反正,你去不能讨人嫌。要讲卫生,饭前便后洗手,衣服要勤换。还有,想家了也不能常打电话来,免得让孩子看出你在那里待不住。”

瓦儿娘叹了一口气:“电话往这打要花多少钱啊?万一我真想你了咋办?”

瓦儿爹说:“要忍。当初我在铁路上干的时候不也是一年半载才回一趟家,那时年轻都熬过来了,现在人都老了,难道你心还不老不成?”

瓦儿娘笑骂了一句:“你这老不正经的!”

天明,瓦儿娘往邻村的曹婶家取经。曹婶的女儿也在城里,前段日子,曹婶刚从女儿家回来。

曹婶一听瓦儿娘来意便说:“瓦儿娘,不是我泼你冷水,这城里能不去便不去,外人看着羡慕咱,儿女有出息都在外头工作,可这哪是去享福啊。你还别说我在城里头待了一年多,说实话,我每天接外孙来来去去就那二十分钟的路,至今,我连公园的大门朝东朝西还不清楚呢。”

瓦儿娘说:“女儿女婿没带你去?”

"他们忙得每天不见人影呢。闲得慌了我去小区里跟人聊天,人家听不懂我说啥?我也听不懂人家说啥?只好整天待在屋子里看电视,那简直跟关在笼子里似的,遭罪!"

"还有啊,"曹婶说,"城里人有很多讲究,不能大声讲话,不能随地吐痰,不能见娃子长得俊了就老瞧着人家瞅。我还算是在女儿家吧,那也不习惯。剩饭剩菜当天就倒掉,食物一过保质期就扔了。你说吧,那东西又没馊没臭,吃到肚子里也不会立马得病吧。那帮年轻人,真是浪费到家了,住不到一块儿。"

瓦儿爹见瓦儿娘从曹婶那儿回来就一直闷闷不乐的,便说:"哎呀,进城是件好事呀,别总是苦了一张脸。抽空你去看看城隍庙,还有那个金茂大厦,听说有八十八层高哟,比咱们这儿的玄帝山还高吧。"

瓦儿娘说:"死老头子,要去你去。你以为咱去享福的吗?这不,我心里没底嘛。都伺候了一辈子的鸡鸭庄稼了,还有你啊,除了你铁路上班那阵,咱俩啥时分开过?"

瓦儿爹听瓦儿娘这一说,目光就柔和起来:"不就一年半载吗?你就熬一熬吧。等孙子上了托儿所,你就可以回家了。"

瓦儿娘不说话了,收拾了要带的东西,然后东看看西瞅瞅,目光如黏了糨糊似的,好一阵子都挪不开。

这时,电话铃响了,瓦儿娘抢在瓦儿爹之前接了电话。瓦儿爹站在一旁看,见瓦儿娘的眼睛像手电筒的光,一圈儿一圈儿地放大变亮,人一下子变得精神滋润起来。

放下电话,瓦儿娘说:"瓦儿说,亲家母明天赶过来了,叫我不用去了。"

瓦儿爹说:"真的?!"然后又说:"不去好不去好,你不是一直都不想去吗?去城里儿子家倒像绑你上刑场似的紧张。"

"胡说!"瓦儿娘说,"我不是怕不习惯嘛。"边说边把整理好的东西又都取了出来。

两人躺下睡觉的时候已是深夜,瓦儿娘突然叹了一口气:"唉,这下遭罪的是亲家母了!"

奶奶的心就这么高

媳妇坐月子了，老人被儿子从乡下接来照顾母子俩。孙子长得白白胖胖，一副可爱惹人的模样。老人的心里乐开了花，起早摸黑，把一家人都伺候得白白胖胖的。

那天，媳妇发觉老人把自己嘴里嚼碎的食物往孙子嘴里送，还有一次，老人把孙子喝的奶瓶先往自己嘴里试了温度再凑到孙子嘴里。媳妇是受过高等教育的人，没有当面发作，但背地里跟老公埋怨："你妈这坏习惯，对孩子健康多不好，你看见了去说说啊。"

儿子为难地说："我妈这么辛苦，我不好意思说出口。你别看我妈脾气好，她脸皮薄，自尊心很强的。"

有一天，孙子拉肚子了，一直闹腾了一星期。媳妇心疼极了，她认为是吃得不干净的缘故。终于有一天，媳妇再次看到老人把自己嘴里嚼碎的食物往孙子嘴里送的时候，忍不住了："妈，你这样嘴对嘴喂小孩，很不卫生的。"

老人讪讪地："我养了五个孩子，从小到大都是这样喂养的，还不是个个身体壮实。"

媳妇不说话了，她向单位请了长假，决定自己喂养孩子。

这下，老人觉得自己清闲得要命了，除了做家务，剩下的时间她就坐在客厅看电视。看着看着，常常靠在沙发上睡过去，哈喇子流下来也不觉得。

媳妇买了很多书、卡片、DVD 光盘，说是要对孙子实行早教。老人不懂那薄薄的圆圆的会放出好听曲儿的东西叫啥？问了媳妇说是音乐 CD，开发右脑，激发大脑全部思维。老人问，那手有左右手，脑子没有左右脑吗？干吗光开发一边？

媳妇笑了，说："妈，充分开发宝宝右脑，左右脑平衡了，才能让思考和创造并重。"

老人不懂，媳妇也知道她不懂，说："这样做，会让宝宝更聪明，不会输在起跑线上啊。"

媳妇天天训练孩子，做得不好，还要训孩子。老人心想：多大的孩子啊，就这么遭罪。我养了五个孩子，没教过他们什么，长大了也一个不笨哪。

"奶奶，" 有一天，当孙子奶声奶气地叫她时，她高兴得手舞足蹈，连忙放下正剖的鱼，抱住孙子连亲了几口。

孙子用小手连擦了几下脸，抽抽鼻子皱皱眉说："脏。脏。"

老人一下愣在那里。

孙子上幼儿园了，媳妇也去上班了。中午，一家三口都不来吃饭，只有晚上才回来。老人经常呆呆地坐在屋里看窗外，她听不懂这里人说话，这里的人也听不懂她口音很重的家乡方言。所以，她没人可以交流，老人显得更加孤单了。

这天，老人又在看窗外了，看着看着她有了一个主意。她去了市场，回来时，手里多了一些秧苗、锄头。她把窗前那块地平整了种下秧苗。过了一段日子，秧苗结出了一些青青的果实，邻居走过，说："那不是西红柿吗？谁种的啊，长得多好。"

很快，青青的果实变红了成熟了，个个长得又大又新鲜。老人收了一箩筐，自己留了些，剩下的挨家挨户去送。邻居很高兴，说这么大的西红柿，没施肥，没打农药，又绿色又环保。对老人谢了又谢。

然后，老人又种了西兰花、草莓，成熟的时候，仍然挨家挨户送给邻居。

有一天，一家人都在家，门铃响了，孙子跑过去开门，见邻居拎了一篮慈溪杨梅进来，说刚从那边旅游回来，带了些特产送给老人。

隔三岔五的，总有人送一些东西过来，坐一会儿，聊聊家常。老人呢，脸上乐开了花，嘴里说着刚学会的本地话：“不用谢啦，远亲不如近邻嘛。”

儿子说：“妈，想不到你人缘这么好。”

媳妇说：“是啊，妈，我们这些邻居都老死不相往来好多年了，各进各出的，连对面住着谁都不知道。你来了倒好，彼此看见了都打招呼，和谐多了。”

老人说：“我以前在乡下，左邻右舍有什么事，只要喊一声，大家都会来帮忙。他们有什么心事了，麻烦了，也愿意跟我说。人嘛，总是喜欢被人需要的。人家认可你，你才会觉得自己活得有价值。”

儿子说：“妈，原来你的心这么高啊。”

孙子不声不响地在旁边听着，他看看爸爸，看看妈妈，又看看奶奶，然后踮起脚两只手使劲往上伸展着说：“奶奶的心就这么高！”

和父亲散步

晚上，吕南靠在沙发上闭着眼睛想心事时，父亲来了。

父亲总是忘记按门铃，他喜欢在门外喊他的名字，直到他把门打开。

父亲喊：“南南！”这个名字自他出生起一直叫到现在，吕南想，假如父亲长寿，等他也成了白发苍苍的老头时，自己是不是仍然被这样叫着。一个老头被唤作“南南”，总有点滑稽和别扭。

“你在干什么？”父亲问。

"没什么,坐着。"吕南很忙,几乎不在家吃饭。这两天他的胃一直不舒服,今晚总算找个借口推脱了那些没完没了的应酬。

吕南给父亲倒了一杯茶,两人坐着,什么话也没说。吕南的房子很大,当初,吕南要父亲搬过来住,父亲说两代人的生活习性不同,时间长了彼此都过不惯。只是,他卖掉了原来的房子,买了一套跟吕南相近的房子,彼此间只需十分钟的路程。

一会儿,父亲站起来。

"您要去哪儿?"吕南问。

"到周围去散散步。"

"我和您一起去吧。"

"外面冷,披件衣服。"父亲用一种看似淡漠的语调说。

吕南跟在父亲后面。想起小时候,调皮贪玩的他总是被父亲揪着耳朵回家,他号叫着大哭,一点也不顾忌路人异样的目光。父亲的手劲很大,每次,他的耳朵都要疼好几天。吕南注视着父亲微驼的身影,现在,他比父亲高多了,壮实多了。他有点悲哀地想:父亲确实老了。

"日达园那边开了家健身馆,今天我去那边看了下,年轻人很多。"父亲停下来,等吕南走上来时说。

吕南发现自己的一双手在按摩耳朵:"过两天我要去山东参加一个会议。"

"去多久?"

"一星期左右吧。"

"单位还是这么忙?"

"是,很忙。……有时,我感觉自己累极了。"吕南说完有点儿后悔,他觉得自己是在向父亲示弱。父亲从小就希望他是个强者,所以,他对他的教育方式近乎是粗暴的。

父亲挑了一下眉毛,没吱声。他们绕着小区外围慢慢地走。那条道路,原先是水泥路,后来改成了黑色的沥青路,即使白天,目光及处,感觉周围也是阴沉沉的。吕南每次开车经过总有这种感觉。他喜欢白色洁净的水泥路。

“尽量少喝酒,少出去应酬。等年老了,人才会明白,只有健康是自己的。人再强,也强不过病痛。”

吕南和父亲又慢慢地走回到了小区入口处,父亲似乎并没有打算往里走。吕南跟在后面,渐渐追上了父亲的步伐。父亲突然拐向附近的商店,说:“你等着。”

很快,他走了出来。他们走向小区对面,那儿有一条河。他们站在桥中间,桥下的水在黑暗中似乎凝固了,随风飘过来一阵河水清冽的气息。

“这儿冷,我们走吧。”吕南见父亲没戴帽子,便催他。

“等一等。”父亲突然走下桥去,吕南不解,不由自主地跟了下去。

桥洞下,吕南看见父亲跟一个头发蓬乱、衣冠不整的男人在说话。那人坐在铺着硬纸板的地上,下半身盖了一床看不清颜色的破被。

“那是我儿子。”父亲见吕南走下来了,对那个男人说。他从口袋里掏出一瓶矿泉水、两只面包。那人接过低了头说声“谢谢”。

男人消瘦的脸上有一道长长的伤疤,他慢慢地吃着东西,自始至终没有抬头看一眼他们。

吕南转过头,看着河水静静地流向对岸。那儿,高楼簇拥,灯光迷离。

许久,他们走上岸来。天已经很黑,好几辆车子急驰过大桥,掀起的噪声如风般呼啸。忽然,一辆车子在他们前面紧急刹住,从车上下来一个大腹便便的男人,“吕经理!”那人边说边从手套里抽出手来握住吕南的手,“兄弟我正要找你,去蓬莱夜总会,陆总那边正等着我们呢。”

吕南说:“今天真不去了,我陪我父亲散散步。”

那人看了一眼吕南父亲说:“这样啊,好吧,那等下次兄弟再约你。天冷,我送你们回去吧。”

吕南想了一下说:“对啊,天这么冷。你来了正好,我们去桥洞下看看吧。我想我们能够帮助他。”

寂寞的黄豆

他感觉司机的目光一直从反光镜里看自己。他咳嗽了一下,头转过去看窗外。外面,下着淅淅沥沥的雨,斜斜的雨丝在橘黄色的灯光下布成绵密的一道帘子。街上,行人稀少。

终于,司机开口了:“你身上怎么这么脏?”

“刚从工地上回来,又摔了一跤。这鬼天气!”他似乎不经意地埋怨了一句。过了一会儿,他探头看了看前方,用手指了一下,说:“喏,就在前面那条街,再左拐。……对,富来街。我家就住那儿。”

下车,谢过司机,一摸脑额,发觉全是汗。他有些虚脱地靠在黑暗中的墙上,站了一会儿。然后,又往相反的方向走去。

他走得很小心,一直拣僻静、黑暗的巷道走,那套从服装城买来的绒衣全湿透了,但他还是竖起湿漉漉的领子,尽量把脸往脖子里藏。这是他越狱的第十一天,在一番担惊受怕、东躲西藏的逃亡日子后,他决心最后去看一眼母亲后就逃到外省去,从此浪迹天涯、隐姓埋名,或许终生将不再与母亲相见。

他终于走到了那两间熟悉的瓦房前,屋里,亮着灯光,他的母亲在昏黄的灯光下一起一立不知在做什么?他悄悄地摸过去,趴到自家的窗户前,他的母亲似乎比以前臃肿多了,他怀疑是不是浮肿?因为母亲的脸是那样的憔悴、无奈和凄苦。花白的头发从她的脑额上披下来,散落在她的脸颊两侧。

她把罐子往地下一扣，“刷”地从那儿倒出一大把黄豆，然后，她从地上捡起一粒黄豆，丢进桌上的罐子里，嘴里喃喃念叨着：“一、二、三……九十七。”

他趴在那儿，早已是泪流满面。九十七粒黄豆，那正是他入狱后的日子。如果他逃走了，那么母亲数黄豆的日子将遥遥无期，甚至等不到她数完手里的那些黄粒儿就已离开人世。想到母亲的晚年以数黄豆来打发时光、寄托对儿子的思念和期盼，他忍不住悄悄地溜下窗，蹲在墙角无声地哭泣起来。

他跌跌撞撞地向前走着，前方，亮着一盏灯，像是黑暗中瑟缩的一朵花。他又冷又饿，用手紧紧地拢住身子，仿佛这样就可以驱赶饥饿和寒冷。走近一看，原来是一家小店，店主人坐在椅子上打瞌睡。他在那儿犹豫了一会儿，然后拎起话筒，拨了个号，说：“我叫张涛，在五大街兴义路口。我来自首。”

再次入狱后的他，似乎有了一种习惯，每晚睡觉前数黄豆。他从罐里小心地倒出黄豆，那些黄豆散落在发黄的草席上，滴溜溜地打转。他用手仔细地、一点一点地把它们拢在一起，一粒一粒地数起来，数一粒就往罐里丢进去一粒。黄豆在空荡荡的罐里发出清脆的“叮叮”的声音，渐渐地，声音就显得有些沉闷起来，草席上的黄豆所剩无几，他把最后一粒黄豆丢进罐里的时候长吁了口气。整整一千一百九十五粒，还有五百三十天，他就可以离开这儿了。

他的手每捡起一粒黄豆，似乎就感应到母亲也正捡起相同的黄豆往罐子里扔。那是一种希望，一种期盼，一种对逝去的日子的欣慰。罐子里的黄豆在增多，那么他和母亲相聚的日子就会越来越接近。

黄澄澄、圆滚滚的黄豆在罐子里依然寂寞地沉默着。

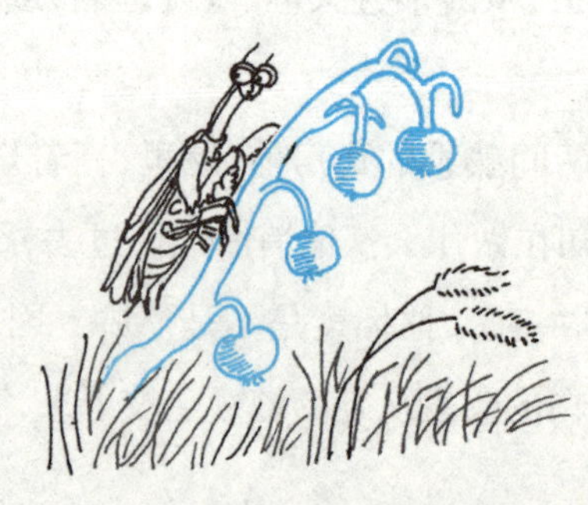

通天大厦十四楼

大学毕业很久了，岑树一直没有找到工作。岑树也不知在网上投了多少份求职简历，这天早上，终于有人打电话来了，叫他星期一去通天大厦第十四层海天公司面试。

岑树找到通天大厦，进了电梯，随手按了键，一会儿，电梯门开了，一个笑容可掬的女子站在那儿，说："你是岑树吧？请跟我来。"

岑树跟着那个女子走过一段有点幽暗的长廊，然后拐了个弯。那儿，有一排镶着明晃晃玻璃的房子，女子推开门，站在那儿，做了一个"请"的姿势。

岑树道了谢，整整衣服走了进去。

里面，一个面容有点严肃的中年女子看见他，转过身说："欢迎新同学岑树来咱们班上学。来，大家鼓掌！"

立刻，响起一阵热烈的鼓掌声。

岑树说："有没有搞错？我是来应聘的，不是来上学的。"说完，就要往门外走。

面容严肃的老师大踏步走过来，说："岑树，不要捣乱！"然后指着一个空座位说："今天开始，你就跟王力民同桌。"

岑树还在嚷嚷，老师按了一下他的肩，低声严厉地说："不要影响上课。你想让校长和教导主任把你揪出去吗？"

岑树看了看,果然,门口一前一后立着两个男子。一个剽悍形的,长得人高马大;还有一个刀削脸,鹰钩鼻子,一副阴沉的模样。

岑树想:好汉不吃眼前亏,便不情愿地坐了下来。

面容严肃的老师姓孔,她说:“同学们,今天我们学二次根式。”说完,在黑板上“刷刷”地写了一则公式。

岑树没心思听,悄悄地捅了一下同桌王力民的手肘:“哎,通天大厦里也有学校吗?”

王力民一脸疑惑地看了看他,说:“什么通天大厦?我们这儿是海天中学。”

岑树还想再问,王力民转过头,眼睛盯着黑板,再也不理他了。

终于挨到下课铃响了,岑树飞也似的冲出教室。他记得穿过这排房子,再走过一道有点幽暗的长廊,就是电梯口了。然而,他怎么也找不到那条长廊,更不用说是电梯口了。

瞅了个空,他逮住王力民:“哎,你们这儿有没有电梯?”

王力民奇怪地看了他一眼,说:“我们这儿总共只有三层,哪来的电梯啊。”

“MY GOD!”岑树揪住自己的头发呆住了。

时间一天一天地过去,岑树还是没有找到那条通道。他坐在教室里,心思却不在学习上。懒得做作业,就抄王力民的。不过王力民很鬼,考试时就不让他抄了。那次月考,岑树又考了全班倒数第一名。

下课后,孔老师把岑树叫到办公室:“你这样的成绩总是拖全班的后腿。你说,这样下去怎么行?”然后,把电话机搡到他跟前:“打电话叫你父母来!”

岑树说:“我爸妈早死了。”初二那年,他的父母均死于车祸。

“胡说!”孔老师翻出家长通讯录,拨了一串号码说:“你是岑树的家长吗?现在能不能来一趟学校?”

一会儿,岑树看见爸爸妈妈走进了办公室。他扑过去,抱住他们,又惊又喜:“爸爸妈妈,你们没死?你们还活着?!”

他的头上立马被爸爸敲了一个爆栗子:“不肖子,你不好好念书,还咒我们早死!”

妈妈愁苦的脸上露出疲惫的神色,她拉着岑树的手说:“孩子啊,你啥时不用我们操心,爸爸妈妈就是死了也瞑目了。”

岑树的眼泪流了下来,他说:“爸爸妈妈,你们放心。我一定好好念书,好好努力,一定去考个名牌大学。”

那以后,岑树的学习成绩“蹭蹭蹭”一路上去,那次期末考,他竟然超过了总是全班第一名的王力民。

孔老师在课堂上大大地表扬了岑树,并要求同学们开展一个向岑树学习的活动。

下课后,王力民悄悄地对岑树说:“我找到了电梯,你想不想出去?”

王力民的眼睛里闪烁着成人才有的那种精明和世故,岑树很不喜欢他的眼神,但好奇心还是促使他很快答应了。

他们穿过那排有着明晃晃玻璃的房子,王力民叫岑树闭上眼睛,带着他七拐八弯地走了一段路。岑树悄悄睁开眼睛,发现已在电梯门口了。

王力民帮他打开电梯门,岑树走了进去。在电梯门徐徐闭合的瞬间,他看见王力民在对他挥手道再见,脸上带着高深莫测的笑容。

岑树下到一楼,走出大厅,外面,明晃晃的太阳照得他有种恍如隔世之感。他想了想,又把脚迈进了大厅,逮住一个人问:“这儿是通天大厦吗?”

“是啊。”

“这儿是不是有一所学校?”

“没有。怎么会?”

“那么,第十四层是个什么单位?”

“十四层?呵呵,这儿总共只有十三层。我可从来没听说过多出来这一层。”

爸爸的秘密

早上，秦子风跟儿子秦阳说要出一趟差，要他吃饭去快餐店里吃，随后秦子风在桌上留了三百元钱，看了一眼秦阳走了。

秦阳趴在窗口，看秦子风坐上车一溜烟走了，便在屋里搜寻起来。

秦阳十三岁那年，父亲和母亲离了婚。在法庭征求秦阳的意见随父亲还是母亲的时候，秦阳选择了父亲，他的这个决定使他的母亲当场昏厥了过去。

秦阳跟父亲住的房子是租的，七十平方米，两间朝南，秦子风住一间，秦阳住一间。秦阳在这间卧室兼书房的房间里搜寻了一番没搜到什么，他不相信秦子风当了这么多年的官，会没有一些见不得人的东西，但秦子风的房间除了一整墙的书撑起了一点架子外，可以说是寒酸的。

秦阳知道秦子风的工资收入，这么多年的积蓄应该也有一大笔钱，但他不知道他把钱藏在哪儿？秦阳不甘心就这么一无所获，再次翻了翻秦子风的抽屉，几盒西洋参片，数码相机，电话号码簿，还有一些零零碎碎的东西。

这时，秦阳的视线被放在书架上的那只蓝瓷笔筒吸引住了，它挤在一个不起眼的角落里，难怪刚才没发现。秦子风的书架灰扑扑的，但那只笔筒却干净得没有一丝灰尘，说明他经常用它。笔筒里插着一支钢笔和一支铅笔，还有一管胶水，一把美工刀。

秦阳摇了摇笔筒，里面有金属碰撞的声音，他把那些东西倒出来，里面有一把铜质钥匙，簇新闪亮。这是什么地方的钥匙呢？秦子风这样藏着它，说明这里面有不可告人的秘密。秦阳想了想,把它藏进口袋。

秦阳在外面配锁的地方照样子配了一把锁,然后把钥匙仍旧放进笔筒,照原样恢复好,确定看不出破绽后才放心地把门带上。

过了一段日子,秦子风跟秦阳说他要出一趟差,看着秦子风钻进一辆计程车驶远,秦阳赶紧招了一辆车紧随其后。他看见秦子风坐的车子七拐八拐,渐渐驶离闹市区,最后停在一座山脚下。秦阳怕秦子风看见,只好眼睁睁地看着他穿过几处屋宅,拐进一条弄堂不见了。

等了半小时左右,秦子风出来,依旧一个人坐上车走了。秦阳不甘心,让出租车原地等着,自己摸进刚才秦子风走出来的弄堂,尽头处,高高的木门紧闭着。秦阳尝试着用那把钥匙开门,果然打开了,里面一长排的房子,还没装修过,房子前有一个很大很空旷的场地。秦子风果然聪明,找了这么一个闹中取静的去处,他过得那么节俭,原来都是为他的相好买这处房子,而且说不定,这钱里含有贪污的公款呢。

秦阳觉得自己这么多年的卧薪尝胆终于有了回报,当初他年少力弱,无力惩治这个薄情寡义的男人,但是,他对伤心欲绝的母亲发过誓,他之所以跟这个男人过,是总有那么一天,他要看着这个男人为他的不道德行为而受到惩处。

秦阳找到市纪委,上交了这把钥匙。

秦子风果然有好些日子没回家。那天,秦阳在为自己是不是要通过纪委的人给他送几件换洗的衣服和香烟而做激烈的思想斗争时,秦子风却意外地回来了。

秦阳有些慌张,他觉得面对秦子风心里有愧,而秦子风仍旧平静如常,对秦阳说,吃完饭,我带你去一个地方。

车子七拐八拐到了秦阳当初来过的那个地方,只是那儿大变了样,操场上高高插着一面迎风飘扬的红旗,院子里的一大排房子里,传来琅琅的读书声。

秦子风指着那些读书的孩子说:"他们都是孤儿,家里穷,没钱读书,是我一直资助他们,就连老师,”他指指那个在黑板上“刷刷”写字的女教师,“当初也是我资助她读书长大,考上大学后又回来教这些孩子。”

“我小时候是个孤儿,是那些好心人资助我从小学一直读到大学,我参加了工作,后来又当了官,但我一直有个愿望,我要尽我毕生努力去资助像我一样的孩子,让他们可以看到希望和未来。当初,你妈知道这些事后极力反对,她怕我把钱都花在那儿,你将来怎么办?后来还说我跟受助的女性有关系,说要么放弃他们,要么放弃她,所以,我只能做出这个选择。”

“我做这些事并不想张扬,所以一直瞒着你。但我捐助他们的钱,甚至这所学校,都是一些好心人的捐助还有我自己光明正大挣下来的,没有贪污公家一分钱,爸不是这样的人。只是将来要苦了你,你以后要靠自己的双手去挣钱。”

秦阳站在哪儿,早已泪眼模糊。他一把抱住秦子风说:“老爸,你真了不起!”

一头牛的记忆力

麦田乡自从来了那帮知青后,经常会发生一些鸡鸣狗盗的事情。谁家的鸡昨天丢了,谁家的狗今天不见踪影了,甚至连晾在院子里的风鳗、豆荚干之类也会突然失踪。乡下人对被偷的东西采取的办法是咒骂,咒那些吃了鸡吃了鸭吃了风鳗、豆荚干的人头上长脓嘴巴生疮脚底烂穿,反正什么恶毒的话都骂出来了。

傍晚，人们收了工，炊烟在各家的屋顶袅袅升起的时候，麦田乡的村头村尾此起彼伏地会响起那些响亮的咒骂声。有人端了饭碗，站在屋前边吃饭边津津有味地听，把它当作一种下饭佐料。

那天，乡里的人捕上来一条硕大的鱼，他们从没见过这种鱼，抬到村里的时候，鱼已经死了，那条鱼卧着如一条倒覆的舢板。八十多岁的老渔民刘三星说："这是一条毛鲿鱼，是海底龙王大将军啊，吃不得，否则惹怒了龙王就再也捕不到鱼了。"

虽然可惜了那鱼肉，但渔民还是怀着敬畏之心把它抬到山上埋葬了。

过了些日子，有几个知青打牌至深夜，肚子饿了，想去外面弄点东西吃，但乡里的人把家里的牲畜管得死紧，各家还养了凶狠的狗，不好下手，其中一个叫李清的人说："山上还埋着一条大鱼，不如去看看。"

四五个人出发，借着星光扒开那座坟包，鱼肉早烂了，只是那条鱼胶还在，奇怪的是，竟然一点未见变色。

几个人回到寝室，把鱼胶洗洗切成几段，放在锅里煮了吃了。

到了第二天早上，有人见其未上工，推门一看，四五个人躺在床上全身肿胀直喊难受，连忙把他们送进了医院。医生见其症状是食物中毒，追问之下那些人才说出原委。医生说毛鲿鱼胶是补品，你们是大补过了头，才导致中毒的。

那以后，这帮知青的名声就臭了，乡人见了他们唯恐避之不及，谁家丢了东西也必怀疑他们头上，而对家里的牲畜管得是越发牢了，生怕一个闪失让他们偷去。

这年春天，乡长的女儿结婚。乡里的人几乎都去喝喜酒了，李清和那帮知青知道乡长女儿的喜酒不是白喝的，要送礼钱，而他们一没钱二不屑送，看不惯乡长那飞扬跋扈的模样。

几个人一边百无聊赖地在树林里晃来晃去，一边对乡长家的酒宴偷偷流着口水。这时，李清发现了一头母牛在树林里吃草，旁边有一头小牛犊，一会儿钻到母牛底下吮几口奶，一会儿昂起头左顾右盼，一副很不专心的模样。李清和那几个人对视了一下,没说话,但李清从他们的笑容里看出了彼此的心照不宣。

显然,这头母牛是趁主人去喝喜酒时领着小牛犊溜出牛栏的。有人不知从哪找来一根绳子递给李清,因为李清不仅眼神好,且膂力过人。李清把绳打了个圈朝牛走去。母牛发现了他,用一双水汪汪无辜的大眼睛看着李清。李清叫几个人赶走母牛,他把绳圈扔向小牛犊。母牛哞哞地大叫起来,催小牛犊快跑。小牛犊惊慌地踢着后腿,向两旁蹦过来跳过去,想避开李清的绳圈,李清只好也跟着它跳来跳去。那些人挥着树枝想把母牛赶进树林里,但母牛左冲右突,拼命朝李清和小牛犊赶过来。他们和牛像兜圈子一样在树林里乱转,都累得气喘吁吁,母牛的身上出现了一条条汗迹。

终于,李清套住了牛犊的脖子。牛犊扑通一声跪倒了,它又蹦又跳,想挣脱那根套住的绳子,嘴里不断大叫着。母牛看见了牛犊被套,狂怒而又凄厉地号叫起来。

李清怕村里人听见赶来,果断抽出身上带的刀子,挥向牛犊的脑袋,然后,又朝母牛扑去,母牛逃了开去。几个人手忙脚乱地开始剥牛犊的皮,这时,李清不经意抬了一下头,看见母牛站在不远处目不转睛地看着他,眼神里有一种他说不清的东西,李清的手一下子软了。

他们生了堆火,把牛肉烤着吃了。吃完后,李清叫几个人抱来些树枝,连着枯叶、土、石块把那些痕迹掩盖起来。

第二天,村子里又响起了声嘶力竭的咒骂声,李清和那几个人正背着锄头从田里归来,嬉笑着互相挤了挤眼。

走上田埂,对面有个人牵了牛过来,那头牛见了李清,竟然停住脚怎么也不肯走,任凭主人拉也拉不动。李清看了一下牛,见牛睁着一双水汪汪无辜的大眼睛目不转睛地看着他,他的心突突地跳起来,想绕过田埂走。这时,牛挣脱了主人拉的绳子,冲上来,用它那无角的宽阔的前额朝李清猛顶了一下,李清不防备,一下子从高高的田埂上摔了下去。

\>>>>>> PART 3

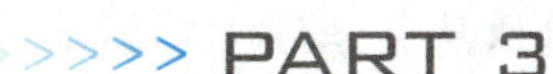

来世再做好兄弟

纪钧伯追悼会那天，父亲号啕大哭，爷爷奶奶死的时候他都没有这样伤心过。我想，人世间，是不是有一种友谊超越了亲情？

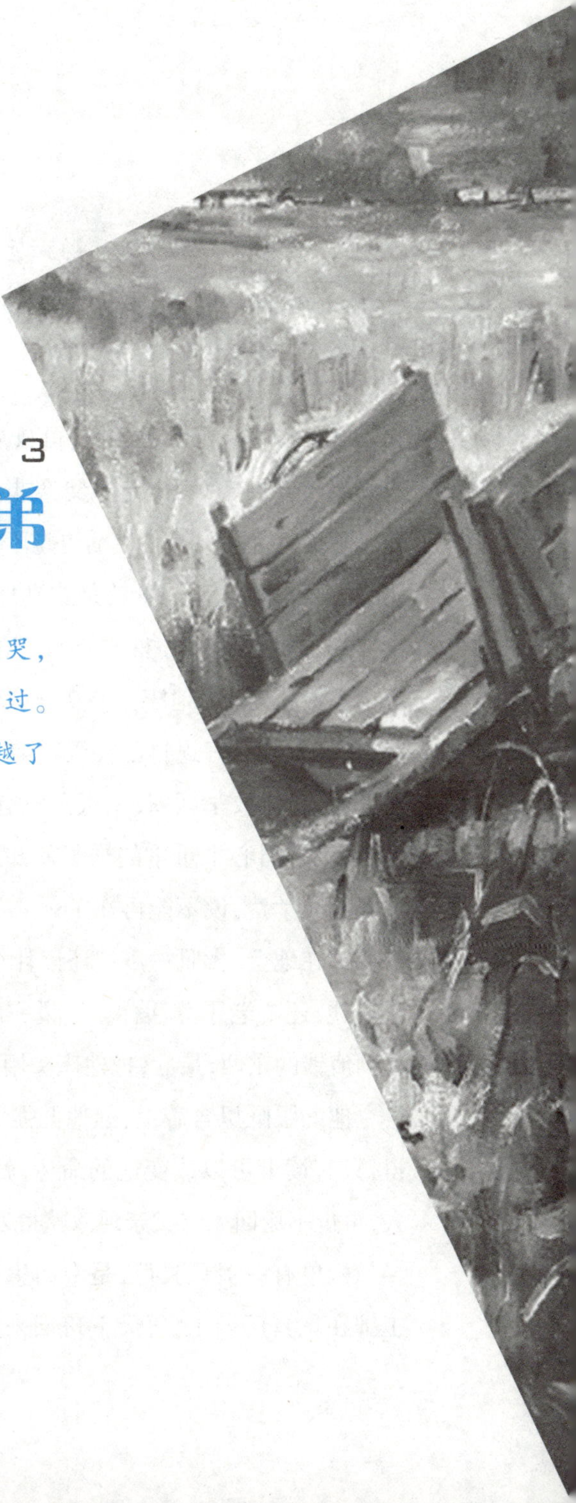

爱是宽恕

他原本有一个幸福的家，可自从父亲迷上赌钱后，家境就每况愈下。他八岁那年，母亲离家出走。父亲非但没有收敛赌性，反而变本加厉，连家也懒得回了，对他的学习、生活更是不闻不问。他饥一顿、饱一顿地过着，每天，他放学回来的第一件事就是跑到地里去看看有没有吃的。一根萝卜、几个土豆甚至窝在地里一株蔫不拉唧的白菜都能当成他的一顿饭。家里的电灯早不亮了，因为他家一直欠电费，被村里管电的人给拉了闸。他也没钱买蜡烛，所以只好逼自己在天黑前飞快地完成作业，烧饭，洗脸。

那天，他放学回家，见很久没有回家的父亲正躺在床上抽烟，看他脸儿黑瘦、皱着眉心事重重的样子就知道又赌输了。他怯生生地跟父亲说："老师催我交学费，说不能再拖了……"父亲正无处发泄，顺手拿起桌上的一只茶杯摔在地上，大吼一声："还读什么破书？你都十一岁了，不会去捡破烂废纸挣钱，还要老子养活你！"说完跳下床，在屋里转了一圈，翻箱倒柜也没找到值钱的东西，最后，把他床头用来看时间的闹钟给拿走了。

他的眼眶里含着泪，但他倔强地不让它落下来。他喜欢读书，他隐隐觉得，只有读书可以改变他的命运，就像村长的儿子那样，考上大学做个城里人，再也不用回家看父亲那双赌得发红的眼睛了。

村里有一爿玩具厂，是专门生产那种电动狗、电动熊猫的，住在隔壁的王婶在玩具厂做工，每天下班回来还带了一大堆的零件回家组装。那天他跟王婶说能不能分给他一点活儿做？王婶说："你一个小孩子家，又不知道怎么做？"

他一听高兴起来："我能行的，我看你做了两三遍就学会了。不信，我装一个给你看看。"他的手脚虽然有点笨拙，但还是按照王婶的样子给装好了。王婶怜悯地看了看他，答应了。

王婶给了他两支蜡烛，尽管他节省着用，但还是很快用完了。而他组装玩具的动作越来越快，到后来，他竟然能在黑暗中把那些零件拼装得纹丝不差。

几年后，他终于考上了大学。大学毕业工作的那年，父亲托人捎来口信，说他的一只眼睛瞎了，希望他能回家看看。

那个被唤作父亲的人窝在床上，家里的三间房子有两间被他抽掉木头还赌债了，赖以生存的田也卖给人家做赌资了。家里没有一样值钱的东西，只有一床破被、一副碗筷和几根摇摇欲坠的凳子。他送他去了医院，住了几天后回来，医生说已没有复明的可能。

儿子临走前，父亲从玩具厂带来一大堆组装零件，对他说："当年你还是一个未成年的孩子，按法律规定，最起码我要供养你到十八岁，可我没有。家里没灯，你在黑暗中靠组装这些零件养活自己。今天的后果，都是我自找的，以后，我也要靠自己养活自己！"

儿子哭了，他说："把那些事忘了吧，爸爸。你放心，我接你去城里住，我会替你养老送终。"

父亲愕然，抬起那只剩下的好眼睛看着儿子，慢慢地从那里流下一行泪来。

杀鸡给谁看

去乡下，朋友好客，叫他的儿子去鸡窝里抓鸡。鸡窝建在院子尽头潮湿发黏的地上，几只鸡或睡或卧在沾满粪便的泥地里。朋友的儿子才八九岁模样，也不惧色，蹲下身，打开鸡窝栅栏门，弯腰把身子伸了进去。窝内立时响起沉闷的“咯哒、咯哒”的叫声，鸡窝里嘈杂一片，鸡张着翅膀四处乱跳。朋友的儿子拖了一只几乎吓晕了的鸡出来，怀着一种胜利般的神情交到他父亲手里。

石板地上放了一只大瓷碗，见朋友，已磨刀霍霍。他把鸡摁在地上，一只手抓住鸡的双翅，另一只手把鸡脖子上的毛拔去，然后朝鸡脖子上就是一刀。鸡蹦跶了一会儿不动了，从鸡脖子上流出鲜红的血，一滴一滴落到白色的瓷碗里，一会儿，鸡圆而皱的眼皮耷拉下来，死了。

儿子不知早跑到哪去了，我有点头晕，朋友儿子兴致勃勃地帮他爹把鸡放到一只热气腾腾的大锅里，然后开始拔毛。

餐桌上，儿子看着那盘鸡肉说什么也不肯吃。“血腥，让人恶心。”他悄悄地对我说。

饭后，趁着朋友儿子不在，我说：“你怎么……让孩子看杀鸡，那毕竟有点暴力。”

朋友说：“培养他胆量嘛。我儿子那不是吹的，十多里的夜路敢一个人走，海滩边捡海螺、拾海瓜子、钓鱼，样样拿手。看杀鸡，那有什么，上次我不在，他妈还让他杀了一只鸡呢。”

“为什么我们农村娃的胆量比城里娃大，就是靠这样练出来的。”他总结性地说了一句。

我正为儿子的胆小发愁，见朋友如此说，便说：“不如，咱俩换儿子，一个月为期限。你培养我儿子的胆量，我培养你儿子爱看书的习惯。”那是朋友的遗憾，我儿子嘴里说的古诗英语他儿子听了一概不懂。

儿子当然不情愿，但这是我这做妈的决定，他也没办法，何况我答应暑假快结束时来接他，到时作为奖励我会给他买一套《儒勒·凡尔纳科幻小说集》。

朋友的儿子住进了我家，对屋里的一切都好奇，只是对书房里满柜子的书瞧都不瞧一眼。那天，他又坐在沙发上边吃薯片边津津有味地看电视，我对他说：“我要宣布一条规则，从明天开始，我们全家都不看电视，就看书。如果你不看书的话，我会有一套惩罚你的办法，其中就包括禁止你吃零食。”朋友的儿子下意识地护了一下手里的薯片，想了想说：“好。”

半个多月过去了，朋友的儿子从初始一看书就打瞌睡到后来能坐得住看书，我把这一情况当作喜讯报告给朋友，顺便问了一下他那边的进展，朋友说：“还在锻炼阶段。”后来我又打过去几个电话，朋友支支吾吾地说：“到时候你自己来看看就知道了。”我心想，照儿子胆小如鼠的个性，看来这培养计划有点难。

一个月到了，我陪着朋友儿子在书店里挑了几本他喜欢的书，顺便买了答应儿子的那套书。到了朋友家，朋友见他儿子捧着新买的书专心看的样子，感慨地说：“曾老师，你真行！”

我没看到儿子，心里有点着急，正要问，只见儿子兴冲冲地跑进来，手里拎着一只还在蹦跶血直往下滴的鸡说：“妈，听说你要来，我刚杀了一只鸡。”

我连忙挥着手说：“别弄脏了地，快拿出去。”

见儿子出去，我对朋友说：“你行啊，我这个胆小鬼儿子让你培养得大胆了。”朋友苦笑不答。

吃饭的时间到了，我走到厨房，朋友的妻子正忙乎，两只宰杀的鸡泡在热气腾腾的大木盆里，锅里放着几只蒸熟的鸡，墙上还晾挂着几只酱鸡。我说："至于嘛，我一个人来，杀那么多只鸡？开鸡宴会啊。"

朋友妻子笑笑："你回时，给你带几只去。"

走到院子里，儿子拿着刀正满院子追逐着一只惊慌失措的鸭子，鸭子跑得急了，接连几次在泥地上摔跤。朋友在一旁连连说："好了好了，今天不要杀了。"

我看着空荡荡的鸡舍，不解。朋友看看我，终于说了实话。起先，儿子说什么也不肯杀鸡，后来，朋友每天当着他的面杀一只鸡，说这是你妈交代给我让你做的功课，完不成，这一个月到后你也甭想回家了。慢慢地，儿子学会了杀鸡，再后来，杀出了兴致，不光杀完了公鸡，连那些正在下蛋的母鸡都杀了。

我听了有些恐怖，我喝住挥着刀呀呀乱叫的儿子，他走过来，又瘦又黑一副邋遢相。他说："妈，原来杀鸡蛮好玩。我杀鸡的时候那些鸭子在旁边吓得嘎嘎直叫，还满院子乱跑，那些鸭毛都飞起来了，像雪花在飘。"

如何让你写信给我

门"吱呀呀"地响，那是风在吹。铰链少了油，开的时候这么响，关的时候这么响，动它一下也这么响。他不给门上油，不是懒，是觉得这声响也是一种问候。

早晨起，他就搬了把竹椅坐到门口。一拨拨的小孩儿背着书包雀跃着上学去了，隔壁胖胖的王婶拎着一个袋子买菜去了，还有王老纪夫妻俩穿着灯笼裤雄赳赳气昂昂地锻炼去了。他看着，微笑着，偶尔说一句："去啦！好啊！"那些聒噪的声音像他院里那些缤纷的花瓣，撒了一地，可是风一吹，它们又打着滚儿走了，如长了脚，一下子就无影无踪了。

四周一下子静下来，静得让他的心一阵寒战。渐渐地，他打起盹来。阳光慢悠悠地移到了他的身上，暖洋洋的，他时不时地打一下激灵，眼猛地睁开来，他好像听到了电话铃声，于是慌慌张张地跑进屋里，电话在桌上，冷静地沉默不语。他不相信，明明是电话铃声嘛，于是他伸出食指翻来电显示。十月十八日，那是上个月社区打来的，让他去参加老年联欢会。他以为电话出了毛病，于是，他死劲儿地用手指按，翻以前的号码。丁肯的号码这时候突地跳了出来，他的心猛地提了起来。不错不错，他把电话机捧在手里，细细地看：八月二十五日。

"爸，这个月多寄点钱。资料费、组织活动费……"坐在椅上，他的头又小鸡啄米似的打起盹来，脑子里回响着丁肯低沉、浑厚的嗓音。这小子，从小音质就不错，学校里演讲比赛少不了他的。自从上了大学，他就总说忙，电话打过去不到两分钟他就说："我正忙着呢，同学在外面等我。"或者说："爸，过几天我打给你，我要去上课啦。"

过几天？他就耐心等着。一星期，十天，半月，反而是他又打过去，而儿子还是忙，有时候语气还显得不耐烦。后来他就写信，他觉得电话线是不能把他的思念传达清楚的。

"丁零零"，他一个激灵，睁开眼，好像是一个绿色的身影闪过去了，他嘟囔着自己是不是真老了，脑子里刚才还想着丁肯，这会儿又打起瞌睡来了。打开信箱，空空的。

他估摸着写了十来封信，而儿子竟然一封未回。"现在谁还写信，电话里不是啥都能说得清楚吗？"儿子说。

门依旧"吱呀呀"地响，像顽皮的孩子用手推开用手关拢，他想起丁肯小时候就喜欢开门关门，天知道他对门怎么有那么大的兴趣。

他铺开信纸写道："丁肯吾儿，我买的几只股票不错，随信给你汇款三千元。想吃啥买啥尽管花……"

把信纸装进信封了，想了想，他又抽出来，在信尾附上一句："近来家里电话出了故障，电信局里的人说，要待些日子来修。"

过了几天，儿子来信了："爸，信收到了，怎么没有你说的汇款单？"

门"吱呀呀"地响，他手里的信纸一上一下像在舞蹈，他轻轻地摩挲着，像是抚摸儿子那张棱角分明的脸。

"丁肯吾儿，你再耐心等等，大概过几天就可以到了。"

儿子又来信了，说了一些学校里的事，还说有个不错的女孩对他有好感，最后说："你去邮局催催吧，钱怎么还没到？"

他读着信，儿子那张焦急等待的脸仿佛浮现在他眼前，他微微地笑了：是啊，都这么多天了，应该是可以到了。

"丁肯吾儿，爸不小心把地址写错了，那张汇款单又退回来了……"

他想，下封来信。儿子会说些啥呢？那个女孩，她长得如何？他们继续交往了吗？

太阳又暖洋洋地晒过来了，他又小鸡啄米似的在门口打盹。梦里有时是邮递员送信来了，有时是儿子来了。他知道心里有啥梦里就有啥，闭着眼睛他不由重重地叹了口气。

他估摸着这两天儿子该来信了。那三千元，其实他没寄，家里的电话线，也是他自己拔掉的。正想着，耳边响起一个声音："爸爸！"他叹了口气，唉，又是梦。

"爸爸！"是儿子的声音。他一下子站起来：真是儿子啊，后面还跟着一个长相俊俏的姑娘，正笑吟吟地看着他。

凉风正好

小姨从广州来信，说她和姨夫办的厂子生意忙，人手不够，让母亲过去帮忙。骨子里很小资的母亲一直非常向往大城市的生活，不顾父亲的反对，在一个细雨霏霏的早晨，拎着皮箱孤身一人上了船。

那时，父亲已连续当了好几年佛顶山电风扇厂的厂长。电风扇畅销全国，还获得过轻工部的一个大奖。母亲去广州的这一年，厂名改为了佛顶山家电公司。父亲也从厂长变为经理，他很受用这个八十年代刚兴起的名词儿，因为母亲远走广州的失落感因此而得到了一些弥补。

一年后，当母亲仍然拎着那只皮箱出现在家门口的时候，我们都着实呆了。母亲烫了发，戴着墨镜，穿着当时很流行的紫红色滑雪棉袄。人洋气了很多，连气质也变得更像城里人。

晚上，母亲打开一只纸箱子，从里面掏出一个蓝色的风扇头，一个笨重的扇身，还有一个圆形的金属底盘。她把它们组装起来，一台威风凛凛的落地电扇很神气地立在客厅。

那时，我们家用的是台扇，矮矮地立在饭桌上，睡觉了才把它搬到房间里。我还从来没见过落地扇，我立刻高兴地欢呼起来。

父亲阴沉着脸说："你老公生产的是佛顶山电扇，你好意思在家用那些杂牌电扇。把它给我退了！"

他这话说得有些无理，母亲当即大声反驳起来，"我是花了六十元的机票钱飞到这里来的。你让我退了,你给我来回机票钱啊。”

那时候,父亲一个月的工资一百元还不到,他当即闭了嘴。不过看他的神色,他是打死都不会用这台电扇的。

夏天到了,母亲喜滋滋地拿出她从广州带来的电扇,父亲则坚持要用以前那台旧电扇。

母亲嚷嚷:“这是用我的工资抵来的,我为什么不能用?!”

这时我们才知道,小姨夫除了办电风扇厂,还和人倒卖钢材,八十年代,这种罪名叫投机倒把罪。他的厂子被查封,工人被遣散,小姨发不出工资,用一张机票和一台电风扇把母亲打发回来了。

父亲和母亲相持不下,于是他俩分房睡,各自扇自己的电风扇。但母亲到底心疼电费,每逢父亲关了电扇,她才去开自己那台电扇。我两边跑来跑去,觉得母亲带来的那台电扇风力更大,过瘾。当然,这话我只跟母亲说。

我结婚的那一年,父亲的徒弟送了一台落地扇给我,他现在是家电公司的副总经理。那台电扇造型别致,新颖轻便,我非常喜欢。

父母来参观我们的新房,父亲看到那台标有佛顶山字样的电风扇满意地咧着大嘴笑了。我看见母亲对着那台电扇撇了撇嘴,我知道,暗地里,她对这个不能给她女儿买空调的女婿是不满意的。

父亲早已从家电公司退休,一直忙忙碌碌的他有些失落。好在,身边有些老哥们陪他聊天、下棋、钓鱼,日子过得自在,也渐渐忘记了过去的威风,变得像个名副其实的退休老头了。只是三天两头,他还打电话回去,问公司情况。

那年夏天,父亲和他的那些老伙伴到秦皇岛去度假。我们把母亲接到家来住。

我们的新房子每间都装了空调,晚上,母亲睡不着,叫醒我们:“这空调吹得我嗓子发干,浑身难受,关掉了又热得睡不着,有没有电风扇?”

我和老公面面相觑,我们一直习惯了吹空调,所以没有买电风扇。看到母亲叹息着睡去,老公说:“我去一下老房子,我记得我们结婚时的那台电风扇好像还在那儿。”

老公终于找到了那台电风扇，并把它搬到了母亲房间。母亲满意地享受着电风扇里吹出的习习凉风，感叹着说："到底是电风扇好啊，舒服。"

我笑着说："这是佛顶山牌电风扇啊。"

母亲闭着眼咕哝着："不管啥牌子电风扇，能吹出凉风来就好。唉，我和你爸争什么争哦。"

亲情

房东说："下星期你再不交房租就一定得搬，我这里可不是慈善院。"

我赔着笑，唯唯诺诺地说："好的好的，我一定会想办法。"

来这儿都快半年了，我一直找不到工作。我的生活穷困潦倒到了极点，每餐只吃方便面。我开始怀念以前的同事、我的亲人。可是，我不能这样两手空空地回去，遭人耻笑。想当初，是我夸下海口，在这里与人合建起了一家公司的。

要命的是，那天，父亲打来电话说，他要来上海办一些事情，顺道来看看我和我的公司。

我连忙说："这两天我很忙，我马上要到广州去洽谈一笔业务，你来了我肯定不在，还是过些日子吧。"总算把父亲搪塞过去了。

我好不容易在一家企业找到一份打字员的差使。像我这样计算机专业毕业的高才生只谋得这样一份工作，实在是大材小用了。我预支了一个月工资，付清了房钱，在快餐店一口气吃了三碗饭，总算把自己撑得有点人色了。

这家企业的主管是个长着一张苦瓜脸的女人，成天板着脸，仿佛不这样就显示不出她的威信。有一天，她指着我刚打印好的一份材料指手画脚，不是说这里不行，就是那里不好，还说当初公司怎么会看走眼招我这样的人进来。我忍耐不住，顶了她一句。她拍了一下桌子站起来，指着门口说："你觉得太屈才你就走人！"

走就走，此地不留人，自有留人处。我一时火起，摔门而去。

我漫无目的地走在大街上。这座城市高楼林立，人来人往，可那么多的写字楼竟容不下一个小小的我？我禁不住流下了辛酸的泪水。

黄昏时分，我才回到租住的地方。意外的是，父亲竟坐在门口等我。

"你妈不放心，说你离家都快一年了，也不知道怎么样？叫我来看看。"

我打开门，父亲一屁股坐在那根唯一的摇摇晃晃的凳子上。他知道我有洁癖，不喜欢人家坐我的床。他看了看我的房间和桌上的方便面，说："我饿了，你领我到一家好一点的餐馆去。"

我从来没去过那些上档次的饭店，所以我带着父亲东转西悠了半个时辰也不敢确定到哪一家。还是父亲气魄大，他看我站在霓虹灯闪烁、漂亮小姐迎立的饭店门口犹豫不决时，便说："进去吧，就这家。"

父亲点了好多菜，我说："就咱两人，吃得光吗？"

父亲说："我从中午到现在，还没吃过一点东西呢。"

我捏着口袋里唯一的一张百元大钞，心想：这下可惨了。

父亲不断地劝我吃。离家以来，我还没吃过一顿像样的饭呢。我狼吞虎咽，吃完了，才发觉父亲吃得很少，他正用一种怜爱的目光看着我，我不由得脸红了。

我唤过服务员，往口袋里掏钱时，父亲已抢先付了钱，然后带我出来。

父亲在上海待了两天，临走时他说："我有个朋友是一家广告公司的总经理。我把你的情况跟他说了，他叫你明天去面试。"

现在，我已是这家广告公司的业务主管。每当望着黄浦江畔的滚滚江水和熙来攘往的人流和车流，我禁不住回想起八年前父亲对我说的话：勤勤恳恳地做人，扎扎实实地工作。我不再像以前那样自视甚高，不断跳槽，而是从最基层做起，终于坐到了现在这个位置。

你能跑得过车子吗

油菜花开了，金灿灿亮闪闪的油菜花挤在田野里耀眼得直闪人眼。

饭后，柱子擦干净自行车朝屋里喊："亚亚，碗洗好了没？我带你去看油菜花！"

"好嘞！"亚亚匆匆甩干湿漉漉的手，跑到镜子前，掏出唇膏往嘴唇上抹，然后整整衣服前后转了一下，跑出门朝书包架上一坐，笑着挥了下手说："出发！"

柱子的自行车骑得飞快，一忽儿，就到了海边。亚亚说："慢点慢点，我要看看大海！"

阳光下，大海像洒了一层金箔似的闪耀着点点夺目的光亮，几艘渔船在海面上轻轻荡漾。一艘渔船驶离了码头，发出"嗒嗒嗒"的马达声。

柱子看着看着脸上突然显出孩子气般的笑容来："亚亚，咱俩换个位，你来骑。"

亚亚骑上车，柱子并没坐上去，而是跑了起来。亚亚骑得快，柱子就追得紧；亚亚骑得慢了，柱子就放缓了脚步。亚亚笑着说："你能跑得过车子吗？"她加快了速度。

柱子喘着气在后面直追，一辆工程车开过，他被淹没在一片噪声与灰尘之中，亚亚红色的衣服变得模糊起来。风声在柱子耳边呼呼吹，大海、渔船、码头以及白色的马路往后闪过。他拼命地奔跑着，边跑边乐，渐渐地，前方出现了一片金黄色的田野。柱子终于追上了亚亚，他拉住车的书包架，两腿一跨，坐了上去。两人在车子上笑得上气不接下气。

到了田野边，亚亚把车往地上一放，闭着眼使劲嗅了一下，油菜花带着一股鲜嫩的香气吹拂过来："真香！"

柱子跑开去，蹲在亚亚的面前，用手指搭成两个圆圈做拍照状，亚亚的后面是漫无边际的油菜花，亚亚在花丛前灿烂地笑，她的红衣服和脸上的笑容在油菜花的衬托下特别美丽。

"亚亚别动！"柱子"咔嚓"了一下，两个圆圈变成了两个半圈。亚亚笑着，依然在那儿不停地摆 POSE，一忽儿扭了身子做回眸状，一忽儿托着红彤彤的脸颊蹲在花丛前，一忽儿张开手臂仰望前方。那儿，有一大片在建的楼房，亚亚说："柱子，我看到了我们的房子。"

柱子跑过来，和亚亚并肩站着，用手遥指着说："这套，这套，还有这套，都不错。亚亚，你说哪套做咱的房子好？"

亚亚说："我不要太高，我有晕高症；也不要在马路边，太吵。我要一套朝南，能看得见田野和油菜花开的房子。"

柱子说："我要有一间很大的卧室，有个客厅，有个阳台的房子，阳台上可以种很多花草。"

亚亚说："对，还要再加一间卧室，将来给我们的宝宝住。最好还有间书房，我要买很多书，我和宝宝都要看。"

柱子说："我要把房子装修成欧式风格的，奢华高贵，典雅大气。"

亚亚说："不行，我要装修成地中海式的，清新简约，自由浪漫，适合我们年轻人住。"

于是，两人在房子装修成欧式和地中海式的问题上笑着嚷着打闹着，无边无际的油菜花似乎也感染了他们的情绪，在风中开心地摇曳起来。

黄昏的时候，柱子和亚亚骑着车到了家，房东走过来："柱子，日子到了，这个月房租什么时候给我？”

柱子摸摸脑袋，不好意思地说：“瞧我这记性。行，钱我等会儿送过来。”

柱子朝着亚亚做了一个鬼脸，他从兜里掏出几张纸币，凑起来刚好一百元。“亚亚，我就这么多了，你那儿看看还有没有？”

亚亚从皮夹里找呀找，找出三张五元的，一张十元的，亚亚说：“我去哪儿变个戏法，再变出五元来？”她在每件衣服的兜里掏呀掏，这时柱子从床头上找到了钱攥在手里，跳到亚亚跟前说：“亚亚，我变出五元钱了。”他把手掌张开，伸到亚亚面前。亚亚欢呼着拿过钱，又重新数起来：“五十、七十……一百、一百三十。够了，我这就去送钱了啊。”

房东听着房子那边传来的欢笑声，自言自语地说：“这对小夫妻，不知道有什么事值得每天笑，穷日子也这么好开心啊。”

活着

张大山把救出的人安置在空地上时，依稀听见废墟里传出微弱的求救声。他不知道自己救了多少人，只是感觉两只手锥心地疼，左手拇指的指甲还掉了，整双手血肉模糊。他辨清了声音的方向后喊：“兄弟，再坚持一下，我来救你！”

挖了一阵，那个人的头部露了出来，他的腰和脚被一块水泥板压着，动弹不得。张大山和几个村民费了些劲，终于把水泥板搬开了。幸好压得不是很深，那个男人被救了出来。

男人神智还清醒，他说自己来自A市，是个摄影爱好者，才来这里一天，就遇到了地震。

张大山告诉男人，他在里面被埋了两天，他们村里的房子都被震塌了，幸好人没事，几个被救的人伤也不重。这里地处偏僻，他们几个商量好了要到三公里以外的小镇去寻找吃的。

男人说："我的腰和脚都被砸伤了，别管我，你们自己去吧。"

张大山说："那不行，我不能扔下你不管！"

男人说："你陪着我反而大家都不能活了，不如你下山去，我等着你来救我。"

张大山低下头想了想，说："好吧，兄弟。你要相信我，无论如何我都会回来救你的。我是北一村的张大山，你记住了！"

张大山将男人搬到比较空旷的地带，又给他搭了个简易棚，然后从口袋里掏出两个苹果，放到男人手里，说："我只有这些，答应我，千万要活着啊！"

男人点点头，张大山又从红汗衫上扯下一块布，绑在帐篷上，然后他和几个村民就上路了。

他们走了两天两夜，终于找到了当地政府安排的临时救助点，张大山领了食物就要往回赶。

村民说："现在还在余震，那些道路都不通了，等走到那儿，只怕那个人也不在人世了。你这是去送命啊！"

张大山说："我答应人家了，我一定得回去。你遇到解放军就帮我捎个信，说北一村有个受困的灾民等着他们来救援！"

张大山往回走的时候，眼见都是遍地的废墟和哭泣的人们。那些大路都断了，滚落的巨石有一间屋子那么大，左边是陡峭的山崖，裸露的岩石一片片的，疏松的石块不断往下掉。右边亦是陡峭的山崖，下边是浊浪翻滚的江水。又走了一阵，迎面开过来一辆越野车，挡风玻璃已半面开裂，让人触目惊心。车子开过来停下，司机探出头喊："老乡，你去哪？要不要我送你一程？"

张大山摆摆手说:“我去救人,我去的地方你车子不能开。你遇到解放军就帮我捎个信,说北一村有个受困的灾民等着他们来救援!”

雨越下越大,山上的碎石不断地滚落下来。路边,有一辆被烧焦的灰色卡车侧卧着。张大山刚过一个滑坡体,身后又“呼啦”滑落一阵碎石,幸好他跑得快,但还是吓出一身冷汗。沿路又碰到一些转移下来的灾民,看见张大山说:“人家都在往外撤,你怎么还要往里走?你不要命了!”

张大山又重复着那句话:“我去救人。你遇到解放军就帮我捎个信,说北一村有个受困的灾民等着他们来救援!”

走了两天两夜,张大山终于赶到了那个受困的男人身边。男人从昏迷中听见张大山的喊声,睁开眼,只见张大山浑身像从泥浆里滚出来似的,他的脚瘸了,脸上是一道道伤痕,两只手上胡乱地绑着碎布条。

“呵呵,兄弟,太好了,你总算还活着!”张大山高兴地搓着手说。

男人说:“你怎么那么傻,还回来?我以为你不会回来了。”

张大山说:“你把我当成啥人了?我答应你的就一定会做到。瞧,我给你带来好吃的。等着吧,解放军马上就会来救你了。”

两天后下午,救援直升机终于到达了张大山他们所在的区域。

承诺

妈妈每天都要给弯弯讲一个故事。那晚,弯弯听妈妈讲完《古城庞贝之谜》后,眨巴着眼睛天真地说:“妈妈,我长大了一定要带你去看意大利的庞贝古城。”

“好啊，”妈妈高兴地说，“我们俩来拉个钩吧。今后，妈妈努力工作赚钱。弯弯呢，要勤奋学习，做个出色的好孩子。”

一年又一年，弯弯像植在他们家门口的那棵梧桐树一样越长越高。弯弯读三年级了，每年都是学校的三好学生。可是那一年，妈妈的单位破产了，妈妈一下子没了工作。祸不单行，弯弯的爸爸也抛下他们跟另外一个女人走了。瘦弱的妈妈一下子病倒了。

懂事的弯弯一放学回家就先做好饭，然后再做作业。

那天，妈妈看着把饭端到她跟前的弯弯，再也控制不住，搂住他痛哭起来。妈妈说：“弯弯，妈妈对不起你。以后，如果妈妈不在了，你就靠自己照顾自己了。”

弯弯不懂妈妈的意思，但弯弯从妈妈绝望的眼神里看出了她对生活的放弃。他哭着抱住妈妈说：“妈妈呀，无论如何，您都不要丢下弯弯不管。弯弯会好好读书的，弯弯将来一定要考上大学，到意大利去留学，然后把您接去。您一定要等着和弯弯一起去意大利，如果只剩下弯弯一个人，弯弯也不想去了。”

妈妈从弯弯的哭声中一下子惊醒过来，她想起了那年他们拉的钩，弯弯天真的话仿佛还回响在耳边。

“好吧，妈妈答应你。妈妈要出去找工作，妈妈再也不哭了。”

每天早晨，天还是黑漆漆的，弯弯就在睡梦中迷迷糊糊地听见妈妈关门的声音。妈妈到海边的渔船上跟渔民们讨价还价，然后把贩来的鱼挑到菜场里去卖。妈妈又黑又瘦，才四十岁的人头上就有了几绺白发。但从此，弯弯真的再没看到过妈妈流眼泪。

门前的梧桐树张开如伞盖般的绿叶，盖过了弯弯家的屋顶。夏天，满树的绿荫把他们家罩得一地阴凉。弯弯高中毕业了，高考时却以两分之差名落孙山。妈妈安慰他：“别难过，你还是有机会的，明年再去复读一年吧。”

弯弯想：妈妈的腰已经累弯了，我不能再给妈妈增添负担。我都二十岁了，我应该赚钱养家。

于是，弯弯去了外地打工。十多年后，他成了当地有名的企业家，叶弯弯资助家乡搞经济建设、与贫困儿童结对子的事迹不断地出现在电视、报纸上，他还被评为全省的明星企业家。人们都羡慕弯弯，因为他这么年轻就获得了成功。可是，面对摄像镜头，弯弯却哭了，他说他这一生最对不起的就是妈妈。

意大利机场。弯弯手里捧着一只方方正正的盒子，神情肃穆地走下飞机。站在异国的土地上，他禁不住跪下来，对着盒子说："妈妈，弯弯一直牢记着对您的承诺。现在，我终于可以带您来看意大利的庞贝古城了……"说这话时，他已是泪流满面。

夏天的西瓜

夏天，西瓜上市了，儿子嚷着要吃西瓜，男人说现在西瓜价太贵，再过些日子吧。

树上知了不断地聒噪着，坐在大柳树下的人们挥舞着芭蕉扇，汗还是一个劲地往下淌。儿子捧着足球回来了，浑身上下没一处干的地方，像是刚从水里捞上来似的。儿子"咕咚咕咚"地猛喝了两杯水，说："爸，妈，今天天气这么热，我们买个西瓜吃吧。"

男人和女人对视了一下，男人出去了，不一会儿，捧来一个小西瓜。儿子高兴极了，咧开嘴露出两颗可爱的虎牙，说："爸，妈，我们用勺子舀着一起来吃吧。”说着，拿来三只勺子。

男人说：“我不渴，你们吃吧。”

女人看了看男人，说：“儿子一人吃不完的，你也吃点吧。”

男人还是不吃，看着儿子大口大口地吃西瓜，吸溜吸溜的声音和他脸上的快活神情，男人瘦瘦的脸上显出了一丝笑意：“慢慢吃，没人跟你抢。”

女人只是很文静地一小勺一小勺地吃，她嚼不出滋味，看了坐在旁边的男人一眼，见他正入神地看着儿子吃，喉结咕噜了一下，女人扔了勺子站起来。

“妈，你怎么不吃了？”儿子边吃边嚷，头差不多拱到西瓜里去了。

“是啊，再吃点，儿子又吃不完。”他看着她，有点惶惑地说。

“不想吃了。”女人闷闷地说。

儿子满意地摸了摸肚皮，站起来说：“真好吃。爸，妈，我出去玩了。”

男人唤住儿子，说：“哎哎别走，你瞧，还没吃完呢，多浪费。”说着，用勺子把微红的西瓜瓤刨下来，只刨得西瓜里面青白一片。

儿子挡不住男人的劝，只得把男人刨下来的西瓜瓤吃了，然后，用手背抹了抹嘴巴，一溜烟地跑了。

男人站在桌边待了一会儿，确信儿子跑远了，又去看女人。女人在房间里看一部缠绵的电视连续剧，知道她是不会出来的，便坐下来，再次用勺子把那些青白的肉刨下来，他刨得那么仔细和起劲，以至鼻尖沁出了细密的汗珠。不一会儿，装了满满一碗，青白的瓜肉堆在碗上，宛如林中白雪，晶莹可人。

女人正沉浸在剧情中，她不明白为什么电视中的人都住着宽敞舒适的房子，吃着佳肴美味，而自己却过着如此贫穷的生活。整个夏天了，才买一个西瓜，看着商店里各种各样的水果，多么让人馋涎欲滴啊。可是，他们那仅有的几百元钱是用来买米买菜买油的，他们没有多余的钱买这些好吃的水果。想到这儿，便微红了眼，泪忍不住在眼眶里打转。

男人进来了，把一碗青白的西瓜肉递给她：“我知道你刚才省着给儿子吃，这个味道也不错，你尝尝吧。”

女人还没从悲伤中缓过劲来，低声地说：“你吃吧，我不想吃。”

“别客气了，要不要我喂你？”男人说着果真把勺子伸到女人跟前。女人“扑哧”一声笑了，尝了一口，说：“你也吃吧。”

男人像变戏法似的把另一碗切成薄片的西瓜端到她跟前，说：“我在里面撒了些盐末，晚上，我们就可以当作一盆好吃的菜啦，既清淡又有营养，宾馆里的厨师都想不出来。”

女人看着男人脸上的自得与微笑，“啪”地关了电视，站起来说：“好啊，晚上我来做饭。”

来世再做好兄弟

一九六七年，父亲所在的环南县成立了革命造反联合总部和革命造反联合指挥部，这两派群众组织又叫环联总和环联指，两派经常发生武斗。纪钧伯那时是环联指的头头，他经常指挥着手下那帮人打打杀杀，班不上，家不归。父亲担忧地说：“唉，这样下去，早晚要出事！”

那天晚上，父亲斜靠在床头看一本书，母亲就着灯光替我们缝衣服。三月的初春，正是春寒料峭之时，门外传来噼噼啪啪像过年放鞭炮似的枪声、叫喊声。不久，家门外又传来由远而近的跑步声，有人喊着：“站住！别跑！”母亲撂下针线活，惊恐地往父亲身边靠。父亲安慰母亲：“别怕，我们家没事的。”那时候，父亲已经是三个孩子的爹了，人家说他是逍遥派，因为他什么派别都不参加。

夜深了,门外的枪声逐渐静寂下来,偶尔传来零星的枪声。父亲替我们姐妹三个掖好被子,对母亲说:“睡吧。”半夜,我们被“咚咚咚”的急促敲门声惊醒。父亲打开门,是纪钧伯,他又黑又瘦,上气不接下气地说:“环联总那帮兔崽子在追我,能不能让我在这躲一下?”

父亲和母亲迅速交换了一下目光,他们的脸上都露出了为难的表情。那时候,我们还租住着人家的房子,连吃饭、睡觉才总共一间房。更重要的是,父亲考虑到我们这间房与房东才隔着一堵板壁,消息是很容易走漏出去的。

纪钧伯一看也一下子明白了,他说:“我再去找找其他地方。”便转身要走,父亲连忙拉住他,轻轻打开门往外看了看,说,“我送你去一户人家,那儿比较安全。”

父亲把纪钧伯送到了他单身时租住的房东家,父亲知道他家有一个阁楼,平时很少有人上去。

后来,父亲才知道,纪钧伯参与的那场武斗很激烈,风声渐渐紧了起来,双方都在找对方的头头,说要把他揪出来。

纪钧伯在那户人家的阁楼上一待就是大半个月。那天,父亲打听到有条船将在后天晚上开往宁波。他想纪钧伯总这样躲藏着也不是办法。于是,又把他送往宁波。

不久,外面传言父亲包庇环联总的头头,父亲怕连累我们,索性带着我们也到了宁波。那时候,母亲在租住的房子里洗衣、烧饭、带孩子,父亲和纪钧伯便出去找活干。

直到一九七〇年,中央下达了一个指示。县军管会举办“环联总”和“环联指”两派头头学习班,两派终于实现大联合。我们才得以离开宁波,回到家乡。

岁月流逝,父亲已是一家工厂的厂长兼党委书记。纪钧伯则是厂里的车间主任。几十年来,我们两家有个没有约定的规律,饭后不是你到我家,就是我到你家串门、聊天。我们家有大的事情，比如造房子、奶奶病故，他都会带着一帮弟兄鼎力相助。童年时的我觉得，长得又高又大又英俊的纪钧伯颇有梁山好汉的义气和慷慨。

但后来，纪钧伯来我家的次数越来越少，不久我才知道，父亲临调工业局之前，当了十几年车间主任的纪钧伯，想接替父亲的位置，但外面有人传言说父亲一直没向局里推荐。从那以后，纪钧伯再也没来我家。

几年后，听说了纪钧伯退休的消息。然后，又听到他生病住院了。父亲去看过他几次，每次回来都是闷闷不乐。那天，纪钧伯托人带信来说要见父亲，他快不行了，人瘦得脱了形，完全看不出以前英俊洒脱的样子。他拉着父亲的手，断断续续地说："……我知道自己误会你了。来世，我们再做好兄弟！"

纪钧伯追悼会那天，父亲号啕大哭，爷爷奶奶死的时候他都没有这样伤心过。我想，人世间，是不是有一种友谊超越了亲情？

\>>>>> PART 4

是谁偷走了我的语言

三岁。那一年，我娘穿了一件花衣裳，我说："娘，你真好看。"我看见娘看着我兴奋得涨红了脸，我又说："像花一样。"这下子，娘的两只不大的黑眼珠睁得像两颗圆滚滚的桂圆核，她一阵风似的跑了出去，逢人便说："我儿子说我好看得像花一样。他才三岁，他才三岁啊！"没多久，我的惊人的语言能力便传遍了全村。

船渡

斜阳西下。一江如平坦大道绵延千里，水光潋滟中，反照着天际火红的晚霞。江南渡口处，有木船横斜，一老翁独坐船头，眯着眼，似在打盹。江边芦苇如密密丛林，仿佛隐藏着不为人所知的秘密。蓦地，“扑喇喇”从芦苇丛中飞出几只水鸟，如受惊吓般，停落水面时兀自惊慌地左顾右盼。江面被冲荡成一圈一圈的水波，夕阳随着水波不停地跳跃着。老翁的唇角有了笑意，张开眼，站立起来，把篙子撑入水中，一使劲，船就靠近了岸边。

“来啦？”“来了。”坐船的是一个与老翁年龄相仿的人，是一个教书先生，只是老翁常年经受风吹日晒，脸成了古铜色，比教书先生细白的脸苍老了许多。教书先生是六十年代下放到农村的，一待就是十多年，娶妻生子，俨然成了和他们一样的乡下人，只是举手投足间，总有乡下人怎么也模仿不来的文雅。

对岸很近，不到半支烟工夫，船稳稳地泊近岸边。教书先生掏出钱：“给你。”

“不要。”老翁边说边撑开篙子。

“我总不能每次白乘船。”教书先生一扔，说话间，船却已离岸。崭亮的五分硬币无声地滑入了清澈的江水中。教书先生痛惜地“哎”了一声，老翁兀自头也不抬，船很快进入江心了。

第二天，斜阳西下，老翁依然坐在船头等教书先生。

水鸟飞掠间，教书先生急急地赶来了，一边擦汗一边不停地说：“不好意思，不好意思，让你久等了。”

老翁也不答话，一撑篙子，船就稳稳进入了江心。教书先生拿出一角票，递给老翁：“和昨天的船钱。”

老翁说：“我说不收了。”

“哪能不收，你出力，我出钱，天经地义。”

老翁不答，如没听见。

教书先生望着江面，叹了一口气。船靠岸，他还是把钱压在了船板上。

第二年，教书先生带着全家搬到了城里。

老翁依然撑着他的船，每天风雨无阻地把客人送到对岸。也不知道过了多少年，老翁老了，撑不动船了。他的儿子接了他的班，但不久，儿子外出打工去了。儿子的儿子初中毕业后待在家里，儿子便叫他的儿子也就是老翁的孙子去撑船。

孙子站在渡船边，收下每人五角钱后再把船摇到对岸。橹声欸乃，青山绿水在眼前过，孙子想着攒够了钱就可以盖房子、娶媳妇，一使劲，臂膀间竟有了隆起的肌肉，孙子笑了。

那一天，孙子收齐了钱刚要离开，从路上急急忙忙来了一老一小，老的须发皆白，小的十六七岁，白白净净，戴着一副眼镜。两人上了船，兀自还在喘气。孙子说：“一元。”老的坐在小凳上看着小的，小的东找西摸了一遍，脸“刷”地白了，惊叫起来：“爷爷，钱包丢啦！”被唤作爷爷的老头摇摇头，叹了口气，把征求的目光探向孙子。孙子装作没看见，只是不友好地看着年龄相仿的少年。他不服气，就因为他投胎在山村，就什么都要落后于城里人。“拿钱来！”他把手伸到少年跟前。

少年说：“我们的钱包让小偷给偷走了，不就一元钱吗？你就让我们过去吧。”

“干吗让你过？没钱就别坐船！”

“哎，你怎么这么不讲理啊，一点同情心也没有。”

孙子看着少年腕上的手表,说:“要不,你把手表摘下来也行。”

“敲竹杠啊,这手表值七百多元呢。”少年叫道。

孙子更来气,戴着七百多元的手表却不付一元的船钱,他搡了少年一下:“那你就回岸上去,别耽误我开船!”

一直坐着未说话的老人发话了:“凯凯,你把表给他,等我们有了钱再来赎吧。”年少气盛的少年不同意,他觉得乡下人就是见钱眼开,再说还搡他呢。他也撞了孙子一下,他是学校足球队的中锋,谁怕谁啊。

两个少年扭在一起打了起来,船在江中如受惊吓般地摇摇晃晃,乘客“哇哇”惊叫着逃上岸去,却仍站在岸边不肯离去。乡下人生活单调,他们觉得看打架也是一种乐趣。

老人站了起来,劝说两人别打,一边还摇晃着支撑着自己别摔倒。但血气方刚的少年听不进去。船晃得厉害,老人站不住脚,“扑通”一声掉进江中去了,少年兀自不觉,看客大叫起来:“有人掉水啦!”少年先住了手,叫了声:“爷爷!”便扑入了江中,孙子在船上待了待,也扑入了江中。

斜阳西下,草长莺飞间,一老一小站于一孤墓前,老人抚着墓碑上的字,喃喃自语:“老哥,我和孙子看你来啦!”墓草随风摇曳,如地下老人的应答。

老人说:“老哥,变啦……现在都变啦!”说话间,已是老泪纵横。

孙子一声不响地站在身后,低着头,一会儿,抬头瞧一下墓碑上的字,又看看这两个从城里赶来的一老一小。他们打老远地赶来,就为了给他爷爷扫墓?

笑如花儿绽放

母亲说怀她的时候正值三年自然灾害，缺乏营养。所以她生下来的时候才四斤六两，瘦瘦的，连哭声都有气无力，像一只细弱的小猫。

她长得也很平常，稀淡的眉，细细的眼，小小的鼻子，小小的嘴巴，看人时一副怯生生的模样，不笑，还微微地皱着眉，好像总不太开心。母亲当着她的面老是叹息着说："唉，这孩子！"

从小学、中学到大学，她从来就不是个引人注目、受欢迎的人。她太普通太安静了，就像长在墙角边一棵羸弱的小草，谁会在意这样的一棵草呢？直到参加工作，她都没有谈过一次恋爱。

后来，有人给她介绍男朋友，处了半年多然后就结婚了。那年，她二十八岁，他比她大两年，三十岁。

暗地里，别人都不怎么看好她的婚姻。她瘦弱，他强壮；她内向，他开朗；她习惯安静，他喜欢热闹。当然，更大的差距是，她是硕士学位，在研究部门工作；而他，是个高中毕业生，一家企业的普通职工。

他心里藏不住事，总喜欢拿单位里或报纸上听来看来的八卦新闻说给她听，边说边还自己乐。她听了总是神情淡淡的，偶尔说一句："是吗？"

有一天他说："人家说我老婆学历高不爱笑。我今天才发现，原来你真的不喜欢笑。他们说你是清高呢。"

她说："不是，是贫血。一个人缺铁就会导致面容表情严肃，不爱笑。"

“哦,是吗?”他听了若有所思。他相信她说的话,因为她懂得的知识比他多。

她的身体对补药有一种天生的排斥,一补就呕吐、腹泻。于是,他专门买来医药书,还到处找人打听补血的方子。

他不知从哪找来一个日本的民间偏方,取胡萝卜榨成汁,每天早晨喝两杯。他上班早,还得乘一个多小时的车才能到单位。每天天不亮他就起了床,等她醒来,总看见床头放着的那两杯橙红色的胡萝卜汁。胡萝卜汁有一股涩涩的味道,很不好喝。想到他的一片好意,她还是闭着眼睛喝了下去。

可是,那胡萝卜汁实在太难喝了。每当睁开眼睛看到那两个盛满红色液体的杯子,她就有一种本能的恐惧和厌恶,有一天她就把它们全部倒了。他不知道,依旧一如既往地从菜场里买来一大堆的胡萝卜,榨成汁给她喝。

一个月后,他说:“要不,去医院验一下血色素,也好知道到底管不管用?”

结果当然可想而知,她还是属于中度贫血。

看着她依然笑容寡少的脸,他说:“老婆,别担心,我们再试试其他法子。我一定会把你治好的。”

那天晚上她醒来,见一向早睡的他不在身边,书房里亮着灯,她走进去,见他伏在桌前正专注地从借来的书上抄着“如何进行补血”。纸上,密密麻麻写满了他粗大的字。她心里一热,这个男人,原来,真的对自己很好啊。

早上她起床,见桌上压着一张纸条,上面写着:“老婆,锅里有血糯米红枣粥,你包里有葡萄干和杏子干。补血的,别忘了吃。”

他怕她吃厌,想着法子给她换花样。桂圆莲子汤、龙眼粥、羊骨粥、枸杞南枣煲鸡蛋。但是,每天的菜肴里,总有一道鲤鱼汤,他说这是最补血的。

那天,她闲来无事,翻开他抄的鲤鱼补血汤制作方法。

桶里放着一条鲤鱼,从不下厨的她心血来潮,照着菜谱做了起来。她看着时间,等她手忙脚乱地做完时,竟然整整花了三小时。

她愣在那里,想到他每天花那么多时间为她烧这道菜,而她却心安理得地享受,她的眼睛湿润了。

那一天饭后，她握住他的手，微笑着说：“我今天到医院去过，我的血色素已经有十一克了。以后，你就别再这么辛苦了。”

他说：“怪不得呢，老婆，近来我发现你比以前笑得多了。”

她想：想不到当初自己无意间的一句自嘲，竟能试出他对她的一份真心。她不笑，是因为在兄弟姐妹中，她是最不受宠的一个。而且，在成长的环境中，她从来就没有享受过被爱和被关心的滋味。二十八年来，从他这儿，她才真正体验到了被牵挂被重视的甜蜜。

她看着他，又笑了，如结了多年的蓓蕾乍然开放。那笑，如花般美丽。

包围

A县的旧城改造工程正如火如荼地进行，十几辆铲车挥舞着巨臂张牙舞爪地伸向那些断壁残垣，不时响起砖墙被轰倒的哗啦声，随声扬起一阵漫天的灰尘和烟雾。城建局长方行戴着一顶安全帽站在拆迁现场，整个人灰头土脸的。他大声跟周围人说：“先安排人把道路清理出来，把那些废渣处理掉。还有，这里可是学生上下学必经之路，趁着双休日把现场清理干净，务必明天让学生们安全地走路！”

正说着，前面轰隆隆的铲车声戛然而止，方行正纳闷，见一排未拆的房子前围着一大群人，吵吵闹闹声中夹杂着女人的哭声和男人的骂声。方行心里一沉，莫非……

方行带着人跑到人群前，有人大叫着说：“为什么要截留我们的拆迁补偿款？”女人哭骂：“罪过啊，那是我们的血汗钱，都让你们这些贪官拿去吃掉喝掉了！”

方行想：这事以前就跟拆迁户们通过气，当初大家都是乐颠颠签了字拿了钱走人了，怎么这会儿又生出这么多事端来？他挥挥手大声说：“大家静一下听我说。对于你们反映的截留拆迁补偿款的事，我会给大家一个交代。等会儿，我们的财务科长会把拆迁账簿拿过来，你们可以选出几个代表来查账。如果事实确实如大家所说，我方行立马就地辞职！”

见方行话说得这么硬，吵闹声低了下去，大家静等着财务科长拿账簿来。

等方行到家时已是夜半时分，妻子从沙发上揉着睡眼坐起来，很快，从厨房里端出一碗热气腾腾的莲子羹。方行一屁股坐下，边吃边说：“回家真好，有家的男人像个宝啊。”

妻子笑了：“瞧你，光会贫嘴。哎，听说今天很多拆迁户聚集起来闹事，给你这个局长出难题了，是不？”

方行说：“你老公是谁啊，能被这个事情难住。查账行啊，我方行一不拿二不卡，光明磊落，身正不怕影子斜嘛。”

“还有啊，大家说你拿了钱给自己买别墅。天晓得，咱这房子都快住上二十年了，人家都赶着买新房子，咱没钱买，别说别墅，能换套大的我都心满意足了。”

“怎么，又在怪你老公没本事吧。不是咱爸生病把咱们积蓄花光了，或许，换套新房子还是有希望的。”

妻子说：“方行，当初你就该听我一句劝，政府不是正逢换届选举吗？人家都说你这个城建局长论政绩论才能有希望当选副县长，这节骨眼儿上就不该做这个拆迁工程，得罪人不说，闹不好连你这个局长都当不成！”

方行说：“对了，我也奇怪本来这拆迁补偿款都是早就定下来的事，已经过了这么久，怎么这事又给闹腾起来了？”

妻子说：“你这么说我也想起来了，昨天有人打电话给我，论坛上有个帖子说咱趁着女儿考上大学之机大肆收受钱财。我去看了，虽然没有指明道姓,但只要是这个县里的人都知道说的是你。”

方行放下碗,身子重重地往椅子上一靠:“一个副县长的位子,竟然会搅起这么多的风云。”

妻子说:“幸好,当初我听了你的劝,把那些人送的钱全给退了。”看了方行一眼,妻子又说:“你看,这事复杂吧?有多少人对这个位子虎视眈眈。人家都在跑关系,到处打点,工作呢,无功即是过,哪像你,这么实心眼呢。”

方行打了一个哈欠,说:“行行,老婆,我听你的话好吧?啊,我实在太困了,去睡觉了。”

躺在床上,听着旁边妻子轻轻的酣眠声,方行怎么也睡不着。虽然这次自己也被列入副县长人选,但自己该做什么还做什么,压根就没想过使用手段把对手打下去。他的脑子里像放电影似的打出一个个镜头:竞争的对手、上访的人群、匿名的电话、论坛上的帖子……他觉得自己已被这样的怪圈包围着,左冲右突,满头大汗,筋疲力尽。跑官?算啦,自己可不想把官做大,把人做小了,大不了还做一个普普通通的局长。明天,该干什么,还干什么。

想到这儿,方行全身心放松下来,慢慢地,房间里响起他响亮的呼噜声。

放飞一只鸟

他打开门进屋的时候,赫然发现有一只鸟。房是新房,但还没有装潢。七八十平方米的面积,因为未装修而显得空旷。鸟见人来,惊慌地在屋子里飞,扑喇喇的,翅膀扑扇的声音特别响,很着急很绝望的样子,面对明晃晃紧闭的窗户仿佛欲破窗而去。其实有半扇窗户是打开着的，但鸟看不见，抑或它太惊慌了而失去了辨明的能力。

他连忙跑过去，打开窗，挥舞着两只手对鸟说："去吧去吧。"但鸟显然误会了他的意思，它更加慌乱，只在空荡荡的房子上空飞，而断然拒绝飞往他挥舞着手臂的方向。

他为鸟儿听不懂他的话而着急，他有些累了，颓然地放下手臂，喃喃地说："你怎么那么笨哪！"

鸟儿显然也累了，它在离他不远的地方停落下来，而两只小小的眼睛却仍然满怀戒备，翅膀舒展着，仿佛随时扑空而起。

他张望了一下房子，他想鸟在里面待了或许不只一天，它肯定饿了，可是他知道房子里没有一点吃的。

鸟仍在一下一下惊慌地飞，翅膀显得有气无力，有一次停落下来的时候，还在他放在墙角边的竹竿上滑了一脚。

"你这只笨鸟，你不饿死也得累死啊！"他说着，便果断地朝鸟扑了过去。鸟惊叫了一声，其实那声音细弱得很。如果他有透视眼，一定能够看见那颗脆弱得"扑扑"乱跳的心脏。他们在那间灰白的房子里跌跌撞撞地追逐、逃跑，房子里灰尘弥漫。好几次，鸟飞到那扇打开的窗户边了，仿佛立马就可越窗而去，可鸟还是惊飞在与他的周旋里。

他气喘吁吁，汗水流满了脸颊，显得有些狼狈。那一刻，他觉得自己有些好笑，这样做，就为了一只又笨又傻的鸟？门一关走人，眼不见为净，随鸟自己去瞎折腾吧。

想归想，他还是没有停下来，而鸟终于被他捉在手里了。

那是一只小麻雀，柔软的黄绒毛，柔软的小眼睛，还有淡黄色的小嘴。鸟儿看他时眼神纯净、无助，似还有一丝淡淡的忧伤。

他下楼去小区的商店里买了一瓶矿泉水，一块面包，用瓶盖盛了水，把面包撮成屑。麻雀或许太饿了，或许终于看出他没有恶意。啄着，一点一点，像小小的天使。

它凌空飞去的时候，啁啾着，那声音，如仙乐纷飞。

她听他讲完这些的时候，不由感动地流下了眼泪。那之前，她的感情天平已在两个爱她的男人之间稍稍有了倾斜。相比那套无钱装潢的七八十平方米房子的主人，她更愿意嫁给那个装潢得豪华一新的二百多平方米房子的主人。可是那一刻，她终于改变了主意，她想：一个对鸟如此深情、疼惜的男人，肯定会甚于百倍、千倍地疼爱他的女人。

他们婚后的某天清晨，有只鸟飞来啄他们的窗。“笃、笃、笃”，仿佛窗玻璃是琴弦，而它的嘴在上面兴致勃勃地弹着乐曲。她唤他来看，说：“是不是你放飞的那只鸟？”

他过去看鸟，鸟停止了啄窗也看他。他已不记得是不是那只鸟？可是那一刻，他看见了她的眼神，纯净、深情，如一汪清潭，于是他快乐地说：“是啊，是那只鸟！”

是谁偷走了我的语言

我叫龙誉。

三岁。那一年，我娘穿了一件花衣裳，我说：“娘，你真好看。”我看见娘看着我兴奋得涨红了脸，我又说：“像花一样。”这下子，娘的两只不大的黑眼珠睁得像两颗圆滚滚的桂圆核，她一阵风似的跑了出去，逢人便说：“我儿子说我好看得像花一样。他才三岁，他才三岁啊！”没多久，我的惊人的语言能力便传遍了全村。

十一岁。课堂上，我又被老师点名了："龙誉，你又讲空话，给我站起来！""龙誉，你那么爱讲话，你给我站到讲台上来讲！""龙誉，你怎么像个小麻雀似的叽叽喳喳个没完，你给我站到教室外面去！"没多久，"小麻雀龙誉"的声名传遍了全校。

二十三岁。我大学毕业到一家公司工作。工作第三天，我就和经理因为一个设计方案而展开了争论。经理以武断的口气说我的方案是错的，我据理力争，经理被我驳得哑口无言，他瞪着我，说不上话来，大概他还从来没见过一个刚上班就敢顶撞上司的人。一个月后，我收到了人事部门的辞退书。

二十五岁。我考到一家行政单位。那天开会，局长让我谈谈工作思路，我受宠若惊，开始精心准备了一晚上的激情洋溢的发言。直到局长不轻不重地把茶杯往桌上一放，大家都拿奇怪的眼神看着我。事后，同事小关拍拍我的肩，意味深长地说："龙誉，想不到你的口才这么好，真服了你，发言时间比局长还长。"

三十岁。我向相恋了六年的玫求婚。玫说："不是我刺激你，你要房子没房子，要钱没钱，我怎么能够嫁给你呢？"我说："我们先租房子住吧。你放心，我绝不会让你受苦，我赚来的钱全交给你，你说一我不说二，我一定让你做世上最幸福的老婆。"玫叹了一口气："你说的是很动听。可是，没有经济基础的婚姻又何来幸福呢？"我说："玫呀，毕竟咱们好了六年，我心中一直只有你一个人啊。有了爱的婚姻是幸福的，没有爱的婚姻是可悲的。"玫说："龙誉啊，我真是敬仰你的口才。也许，你该考虑换个工作，比如律师、讲师什么的，那样才赚钱呢。"我无话可说了，我第一次发觉自己的口才在爱情面前显得苍白无力。玫还是走了。

三十五岁。出差去省城，办完事想起那儿有我大学时的一个好朋友，我打电话让他过来和我一起吃饭。我们喝了一些酒，抽了几包烟，我突然发觉，自己不知该和朋友说些啥？这顿饭吃了不到一个钟头我们就散了。回到宾馆，朋友打来电话："龙誉，你这趟来没啥事吧？"我很奇怪："没啥事，就想看看你。”朋友说：“真没啥事？……龙誉，你变了，我劝你，凡事想开点啊。”“真没啥事，你看出我有啥事吗？”“不是不是，龙誉，以前咱俩可是无话不谈，熄灯了你还缠着我说个没完没了。真还以为你受啥刺激了呢？”“真—没—啥—事！”我挂了电话，想，今后，我再也不会去找他了。

四十岁。老婆说：“龙誉，你在外面是不是有人了？”我没说话，摸摸她的脑额，老婆“啪”地打掉我的手：“别来这一套，我就知道你不承认。那好，你告诉我，没人为啥一整天不跟我说话？”我懒洋洋地放下书，开口道：“刚才不是喊你吃饭了吗？”老婆从书房里拿出一个本子：“这是我这个星期记录下来的，你每天跟我说话不超过五句。你看看，昨天你总共才跟我说了三句话。我走了。有客，不来吃饭了。哎，遥控机放哪了？一个丈夫一星期对他的妻子连五十句话都说不上，你说，咱们的婚姻是不是出了问题？”我不想说话，扯了一条毯子盖住脸。老婆哭了，她说：“我跟你离婚！”

四十一岁。我遇到村里的支书，拉着我的手唠个没完，我看着他，微笑不语。临别前，支书狐疑地看了看我说：“你小子，咋变得阴森森的？”

四十二岁。同事小关凑在我的耳边悄悄地说着局长的风流事，我默默地点着头，不发一言。他拍了一下我的肩，说：“咋的，跟我玩深沉？”

四十三岁。局长开会点了我的名：“龙誉，你谈谈你的看法。”我点了点头，说：“我赞同大家的意见。很好，我没啥可说的。”

四十四岁。娘打来电话：“誉啊，听说你不爱说话了，要是觉得心里闷，就跟娘来唠唠。”

不知怎的，我鼻子一酸，流下泪来，我说：“娘，没啥好说。真的，我想不起来该说啥？”

还债

吴传鹏摇着钓鱼船，回头望了望身后。此时，衢岛已变得影影绰绰，如一截木桩，被包围在苍苍茫茫的水里。

当他发现那只倒扣在水里的小木船时，已是黄昏，日头渐渐西坠，眼见得快掉进了海里，吴传鹏心一紧，自言自语道："娘哎，船脊上好像有个人？"他用手搭着眼罩子瞅了瞅，不敢确定是人还是木头？便使劲摇船过去。

是个人。那个男人上半截身子趴在船上，下半截身子泡在水里，双手紧抠着船脊，显然已没了力气。

吴传鹏赶紧拉那个男人上船，喊着："哎，你醒醒！你醒醒！"

男人睁开眼睛，气若游丝地说："谢谢你，我怕不行了，拜托你件事儿。"男人从怀里掏出一个油纸包，交给吴传鹏："这儿有两千块钱，你帮我交给龙头村的金海，就说我是陈有亮，我欠他的债还清了。"男人说完，手一松，就闭了眼去了。

吴传鹏上岸葬了男人，就向人打听龙头村的去处。吴传鹏是土生土长的衢岛人，自出娘胎他还未离开过衢岛。幸好，龙头村离衢岛不远，吴传鹏便放下心来，第二天一大早他就出发了。

一下车，吴传鹏就向人打听。这时过来一个人，说他知道龙头村在哪？吴传鹏没想到事情这么顺利，高兴地搓着手说："这么说，你一定知道金海了。"

那人问："你找他有什么事？"

吴传鹏就把事情的来龙去脉说了，那人说："这样啊，我就是金海的大伯，你要捎什么就交给我好了。"

吴传鹏掏出油纸包，说："那你告诉金海，这是陈有亮欠他的两千块钱，就说他欠他的债还清了。"

那人接过油纸包，说："行，你放心，我会交给他的。"

吴传鹏走了几步，又回头说："你得告诉我你叫啥名字？回头我还要给陈有亮烧纸钱，把这事儿跟他说呢。"

那人说："你就说，你把钱交给周倪纱了。"

吴传鹏高兴地答应着，心里想：有亮大哥哎，这下好了，你在地下也不必做个欠债鬼了。

吴传鹏坐上车的时候，脑子才转过弯来："金海的大伯应该也姓金，怎么会姓周呢？周倪纱周倪纱，这不就你傻吗？"吴传鹏念叨着："哎呀娘哎！"他在座位上叫着跳了起来，把车上的乘客都吓了一大跳。

"停车！停车！"吴传鹏喊叫着，车还未停稳，他就跳了下去，等他跑到刚才那个地方，人早没了。吴传鹏蹲在地上，捧着头号啕大哭起来："哎呀娘哎，这人真是黑了心了，连死人的钱都要骗啊！"

吴传鹏从衢庄出来的时候兜里只揣了三百块钱，这来回路费就得一百多块钱，于是他决定不回去了，在建筑工地找了份活，边干活边打听龙头村的金海。

三个月后，吴传鹏攒足了钱，找到了龙头村，挨门逐户地打听，日头落下来了，敲门不便，他又去了渔港码头，一条船一条船地找过去，都说龙头村没有一个叫金海的人。

"娘哎，这下可咋办呢？"吴传鹏揣着这两千块钱，急得上了火，唇上起了一个一个的水疱，"有亮大哥哎，你这钱叫我往哪还啊？"

有人见吴传鹏没了主意，便提醒他去派出所打听打听。打听下来，不算他们这个县，周围的几个县市也有好几个叫龙头村的。吴传鹏这下傻眼了：有亮大哥没告诉我金海到底在哪个县的龙头村呢？

吴传鹏又踏上了寻找金海的路程,兜里的钱用完了,他又跑去找活干,拌水泥浆,送水,捡垃圾,啥样的活儿他都干,只是那两千块钱他一直不敢动。他怕有一天那个人会出现在他跟前,说:“我就是金海,听说你在找我。”到时他兜里没钱咋办呢?这钱不能用,他答应了陈有亮的,他一定得亲手把钱交给金海。

转眼已是深秋了,吴传鹏还穿着一件单褂。那天下了一场雨,吴传鹏躲避不及着了凉,到了晚上发起烧来。第二天,他喝了几口水又撑着爬起来,摇摇晃晃走到大街上,迎面开来一辆快车,只听见刺耳的急刹车声,他看见很多只各种各样的脚在他身边跑动。

身子软软的,意识还清醒着,心里想:有亮大哥哎,我怕完不成你的嘱托了。不行不行,这样躺着,钱丢了咋办呢?

于是,吴传鹏趴在地上拉行人的裤脚:“大哥,我走不动了,你帮我叫一下警察。”

“大姐,我走不动了,你帮我叫一下警察。”

他想把事儿托付给警察,警察是为人民服务的,他们不会吞没那两千块钱。

他的眼前浮现出那天在船上对陈有亮起的誓:“有亮大哥,你放心,我一定帮你把钱交给金海。不然,不然叫我今后出海捕不到一条鱼!”

我妈是个宝

鲁迪儿子刚买的一条李宁牌裤子破了，据他说，是给那辆新买的捷安特赛车轧破的。一千五百多元的车子轧破了二百多元的新裤子。这一天，鲁迪的皮夹子里就迅速瘦身了近二十张红艳艳的百元大钞。裤子实在破得不成样，但毕竟才穿上一天嘛。

鲁迪嘟囔着："这可怎么办呢？"

儿子说："把下面裤腿剪掉，不就成了一条崭新的中裤吗？夏天可以穿。"

主意倒是不错，但鲁迪想到儿子中裤还有好几条，而这样做的结果是，自己并不饱满的皮夹里还会蒸发掉几张百元大钞。

"这事你别管，我会处理好的。"她对儿子说。

鲁迪的办法是向老母亲求救。俗话说：人老是个宝，每每鲁迪这样说的时候，父母总以为她在取笑他们："人老不中用了，不当累赘就好啦！"

但父母其实是很高兴她有事还能回家去求教他们，这说明自己还有可用之处嘛。

晚上，父亲催着母亲："快给你外孙补裤子呀。"

母亲说："我眼睛花了，黑裤子晚上补针线看不清楚，还是等明天吧。"

鲁迪知道现在几乎没有人家藏着零布了，为了补儿子这条裤子，打算牺牲掉家里的一条黑色运动短裤。毕竟，这样可以成全一条长裤子。

母亲说："好好的一条裤子剪掉多可惜，送给人家也还是可以穿的嘛。"

于是，她出发去了县城的蓬莱商都，从裁缝摊位间一个个问过去，她对人家笔画着："我想讨一块这样大的黑布，可以吗？"

布是不大的，人家有的话自然是会给的，问题是没有。她问了十多个摊位，后来有个人说："阿姨，我这里有，我去找给你。"

然后，母亲拿着这块布开始在缝纫机上补这条裤子。

下午，鲁迪去母亲家，见母亲又在拆补好的裤子。她说："这不挺好的嘛，干吗要拆？"

母亲说："我越看这针脚越不整齐。不好看，还是拆掉再贴一块。"

鲁迪觉得自己像个大忙人，去母亲家也带着稿子。母亲拆线，她埋头看稿子。母亲拿了把椅子给她说："坐着看坐着看。"其实她知道母亲是希望能陪她聊聊天的。

鲁迪觉得有点不好意思，收了稿子，和母亲有一搭没一搭地说。当然，那些话都是用来磨时间的，而稿子是必须在今天交出去的。于是，她又看了起来。还有几处需要修改的地方，身边又没带手提电脑，得回家去改。她说："晚上我来拿吧。"

晚饭前，母亲打电话过来："裤子补好了，要不要我送过来？"

鲁迪说："不用不用，我来拿。让您受累了，本来我想再买一条新的。"

母亲说："什么话呀，下次有什么破了要缝的尽管拿来。"听口气倒是很高兴。

鲁迪说："可能在我这一代，再下一代，这缝缝补补的手艺会慢慢消失吧。"

"哪里，会做这手艺的人还是会有的，只是少了。"母亲说。

鲁迪想自己补倒是会补，只是这技术比起母亲来可差得远了，针脚弯弯斜斜的怎么也拿不出手，再说了，她借口忙也是贪图省事。

晚上，她还是抽不出时间去母亲家，差了老公去。拿到裤子的时候，鲁迪东看西看了一会儿，才找到那个几乎看不出缝补痕迹的地方。

老公说："你妈真行！"

"是啊。我妈是个宝！"鲁迪说。

双面人

李亨一个人静静地坐在靠墙边的沙发上，没有开灯。近来他很不顺，这是他的事业开展以来从未发生过的事。一直以来，他都得心应手，春风得意。连日来意外的挫败使他的心情非常沮丧。

房间里响起一阵轻微的窸窣声，李亨侧耳一听，感到有人进了屋子。借着淡淡的月光，他看清是个男人，身形瘦削但很灵活，只见他迅速观察了一下四周，就利手利脚地走到靠窗的墙边。那儿，挂着一幅黄胄的名画《骆驼图》，市面上，那幅画价值应该不下百万。但那男子只稍微愣了一会儿，并没有摘下画，而是把画掀了起来。李亨在惊诧的瞬间不由微微一笑，看来，他遇上一个高明的职业扒手了。他不动声色，继续静静地坐在沙发上，看那个扒手接下来会做什么。将要开场的似乎是一部悬念迭出的电视剧，这使他沮丧的心情渐渐好转了些。

墙后面嵌着一个保险箱，扒手看了一会儿，似乎在思考，很快，他动作了起来。保险箱被打开的那瞬间，李亨几乎跳了起来，他竟然能够解开这组怪号迭设的密码，可见，他不是一般的扒手。扒手冷静地把一捆捆的钞票往袋子里装，然后关上保险箱，放下画，断定一切恢复原状后转身离开。

他感觉肩上一沉，李亨微笑着说："干得不错。不过，请等一下。"

扒手看了看肩上的那只手，皱了皱眉，说："你是谁？"

李亨说："你说我会是谁？我只是感到奇怪，你怎么会知道我费了很多心思设的那个密码？”

扒手不说话，显然，这个场面他意料不到。那个人隐蔽得太好了，进来的时候，他竟然一点儿也没有注意到他。

李亨伸手过去，微笑着说：“如果，你不想让我报警的话。”扒手看了看李亨那副健壮的身躯，无奈地把袋子给了李亨。

“我是一个民工，在建筑工地干了大半年活，可老板不发给我工资。我想回家，没有路费，所以……我不是小偷，真的，如果不是走投无路，我不会这样做。”扒手低下头，颤抖着声音说。

李亨并不相信他的话，不过，他还是同情地从袋子里取出钱：“这一千元送给你做路费，希望这是最后一次，下次，你就没有这么好的运气了。哦对了，你为什么没有带走这幅画，要知道，这可是黄胄的画。”

扒手看了李亨一眼，不屑地笑了一下，仿佛在笑李亨的无知：“傻瓜才会把真迹挂在客厅里。”

李亨更惊异了，不由细看了他一下，也才三十刚出头的模样，开阔的眉目间隐隐透着精明和强悍。

李亨坐回沙发，拉开袋子，那儿放着十来捆钞票，还有一颗不下五克拉的钻石。他微微一笑，拉上拉链，等他抬起头的时候，扒手已不见了。

李亨轻轻地带上门，轻轻地走下楼去。这个城市，此刻正沉睡在一个甜美的梦乡里。仿佛，他还听到了那均匀的呼吸声，如平静的海面般低缓起伏。

李亨拎着袋子悠闲地走着。今晚的圆满结局赶走了这些日子来一直失利带给他的沮丧，那户人家，他半个月前就已经踩好了点，知道他们全家去国外旅游的第二天，他就进去了，可他一直打不开那个保险箱。正当他苦苦思索的时候，那个人出现了。

李亨知道，很快他会在报纸上读到这样一则新闻：市纪委办公室门口离奇出现一百多万元人民币和一颗价值不下百万的钻石……想到这儿，他微微一笑。

“我不是小偷，我只是有强烈的偷窃癖，”他想起前段日子去做的心理测验，“可是，我的心理应该没有问题。因为，我偷的都是贪官，而且，我还是这个城市有名望的企业家。”他为自己的辩词而暗暗得意。

“呵呵，对了，我是一个双面人！”空气清冽的大街上，响起一声愉快的口哨声。

陪着爸妈去旅游

特特起这个心思是在某次饭后，父母聊起年轻时曾去过苏州，这么多年了，不知变化得怎样？

特特说：“这容易，哪天等我有空了带你们去。”

这一说就是两年，两年里，特特倒是参加过单位组织的三八旅游、十一旅游，甚至在二〇一〇年的世博会期间，惧怕炎热的她硬着头皮带着儿子去了上海。

偶尔，特特在看到与苏州有关的信息时，脑海中也想过当初对父母许下的诺言，就想今年春天去吧。春天到了，单位里杂七杂八的事情让她脱不开身；然后想：国庆节去吧。周围人说，节日里都是人看人，人挤价贵，不合算。特特想：也是，父母毕竟年纪大了，选个黄金周去，的确不太明智。

有时，特特出差住在宾馆或在饭店用餐的时候，忍不住会想：父母从来没有住过这么高档的宾馆，享受过这么好的吃饭环境，什么时候我带他们出来？

然后，她想到自己的承诺，想到自己总是被各种各样脱不开身的理由羁绊，心里会充满内疚，就对自己说：今年吧，今年无论如何要带他们去一趟苏州。

然而，这一年春节，父亲突然发病住进了医院，在父亲昏迷的那些日子里，特特坐在父亲身边泪流满面地祈祷："只要能让父亲好起来，我一定带他去苏州。"

也许是她的虔诚起了作用，父亲慢慢地清醒了起来，然而病痛让他显得沉默和消沉。特特开导他说起年轻时去过的苏州是什么样子：曲折迂回的苏州园林，味甜爽口的苏州蜜饯，绝美艳丽的苏州绣品，温糯柔美的吴侬软语。说要他快点好起来，那么他们一家人就选个阳光明媚的日子去苏州，开开心心地游玩几天。说她已经查过资料，他们可以跟旅游团去，食宿住行都会安排好，不用自己操心，从这儿去苏州来回三天，除去双休日，她只要请一天假就够了，而且费用也不贵。

特特觉得自己从来没有这么絮絮叨叨过，她看见父亲脸上的表情渐渐开朗起来，黯淡的双眸有了一丝憧憬的神色。特特感动地想：这样的一点小事就能让父亲开心，我为什么不早点去做？

到了秋天，父亲的脸色红润了许多，人也渐渐胖起来，可以自己上山拎好几桶水下来。特特带着父母去了苏州。在虎丘，她遇到了一个知识分子模样的中年妇女，听说特特是带着父母出来旅游的，羡慕地说："我曾经也想带着父母出来旅游，可是因为各种各样的原因没有成行。后来，父母相继去世，这成了我终生的遗憾。那时我才明白，什么都可以等，唯独父母年龄大了不能等。所以，尽孝要趁早啊。"

特特听到这儿，不由惊出一身冷汗，她突然想起"子欲养而亲不待"这句话，她仿佛才恍悟，和自己相伴了这么多年的父母总有一天要离自己远去，她总以为这是漫长的不知何年何月的事情，但看着父母花白的头发、佝偻的身影、大不如前的身体，她才知道，他们在一天天老去，随时都可能与自己阴阳两隔、永不相见。那时，她想给他们买的礼物，吃的食品，游玩的乐趣以及所有一切他们都将无法享受。

这一刻，特特突然生出一个主意，她走上前挽着父母的手臂，装作不经意地说："爸爸妈妈，以后每年，我保证至少陪你们出来游玩一次。"

>>>>>> PART 5

你是我的目击证人

路上，我想起刚才自己发的誓，不由得笑了。其实，做人还是与人为善好，就像今天，也算是以前自己种的善因，今日得到的善果吧。

孝治

我拿着一大沓检查单子从肿瘤科出来,娘一把扯住我的袖子说:“咋样,山儿?”

爹坐着没说话,可他那眼巴巴看我的样子,仿佛想从这儿挖出答案。

“爹,你也听医生说的,你的病能治好。”我说。

“是的,王医生说过,我的病能治好。”爹站起来,好像这句话让他长了力气。他抓过我手上的单子,一张一张看着,然后说:“我明早来做CT,早饭不吃,尿也不要拉,是吧?”

我应了声,看着爹那张信心十足的脸,鼻子酸酸的。

娘一路上没说话,可她从我的眼光中似乎猜出了什么。

晚上,等爹睡着后,我对娘说:“娘,我不瞒你,我的那个医生朋友跟我私下说了,爹是癌症晚期,这病很难治。化疗、放疗、西医、中医,花掉几十万元,最终还是死。”

娘捂住嘴抽泣起来,她说:“山儿,你啥意思?你难道见死不救?”

“没有,娘。……只怕,只怕越治,爹只会越早死。医生说,如果保守治疗的话,爹还能活上半年。”

娘抬起头愤愤地说:“我不信,现在医疗水平这么高了,你爹的病一定能治好。”

我看着娘,娘又不是不知道,我的二叔,村头的根伯都是得了癌症不治而死的。

娘仿佛看懂了我的目光，她低下头喃喃地说："你是怕花钱吧？娘还有两万元存款。"她又抬起头看了看房子说："房子卖了至少也能有几个钱。你二叔、根伯他们是没钱治。"

我说："娘，你放心，要卖房子也卖我的。否则，你和爹住哪儿？钱的事你别考虑，我会想办法的。"

娘说："山儿，无论如何救救你爹，我不能没有你爹。"

我把卖房子的事跟叶柳说了。

"卖房子？你疯啦！"叶柳一听说我要卖房，眼睛就瞪得大大的，那副样子像只母老虎。

"可是，爹治病需要钱，我们又没有多余的钱。"就这套房子，我和叶柳每个月还要还两千多元的房贷。

"那我们住哪儿去？"

"还是去租房吧。……就当我们从来没有买过房。"

"你说得倒轻巧，明年侃侃要读书了，没有房子咋办？"

"这个……明年再说吧。"我很烦。

叶柳不说话了，我懂她的心思，她即使一千个一万个不愿意卖房子，也不想背个不孝的骂名。

爹住了院，每天的医药费就要一万多。每隔几天，医院就催命似的让我去交钱。

爹也越来越瘦，频繁的化疗让他变得枯瘦、无力，蜷卧在床上，原本就不壮实的爹就像个十多岁的小孩。

有一天晚上，爹又从睡梦中醒来，他的疼痛越来越频繁。我知道爹总是咬牙忍着，实在忍不住就哼哼几声。我把从爹床前埋着的头抬起来，爹说："山儿，你说，爹的病能治好吗？"

我说："爹啊，你要相信医生的话，你的病能治好。"

爹说："你别骗我了，其实从一开始我就知道，这病不能治了。可是，爹不甘心，爹才六十岁，爹还没看见孙子读书呢。爹也还想去看看你在城里的新房子，去住上几天呢。”

我的眼泪一下子流出来了，我抓住他的手：“爹，你一定要活到明年。明年，就可以看到你的孙子读书了。然后，你和娘去我家住，我陪你去城里逛上几天。”

“好，好，山儿啊，爹只生了你一个儿子，知道你孝顺，爹就是死了也瞑目。你看村里人都羡慕爹，说爹好福气，儿子卖房子给爹治病哪。”

原来爹都知道了，我呆呆地看着他，不知说啥好。爹又沉沉地睡去了。

几天后，爹死了，那是爹住院一个月零七天的日子。

我去医院结账的时候，医生说我交的钱还剩下三百五十六元七角。也就是说，我花掉了卖房子得来的五十六万元，还是没有治好爹的病。

这一个多月来，叶柳看我时的目光总是冷冰冰的，她说：“房子卖了，人也死了，这下，你该安心了吧？你们不相信医生的话，这病是越治死得越快。你们不顾病人的痛苦，只求自己心安。”

叶柳后面一句话说对了，我对爹的病的确是抱着“死马当活马医”的心态。现在爹死了，我觉得可以对他有个交代了，对娘有个交代了，对看着我的村里人有个交代了。

爹出殡的那一天，我哭得撕心裂肺。村里人都夸我是个孝子。

黄鱼大王

天边渐渐露出鱼肚白，小渔村掩映在一片淡蓝色的晨曦中，远处的海水轻盈地舒卷起浪头，一层层地自海边翻涌过来。老金头手里拿着打藤壶的工具来到海边，那些礁石如刀削斧劈般地插在海里，礁面上爬满了密密麻麻的藤壶。老金头先把藤壶体外那六片大的壳板铲下来，然后，手脚利落地挖出里面的肉。不一会儿，网兜就有些沉了。

远处，传来了渔船的机器马达声，明朗的阳光把海面照得波光粼粼。老金头挺起身子，手罩在眉沿上，看着渔船如一尾尾巨大的鱼越驶越近。他不由想起那年夏天，他带着渔业队的八艘渔船，到岱衢洋去捕大黄鱼。在这之前，他带队的那只船，已整整八年年产超万担，他成了远近闻名的船老大。

“大麦黄，鱼风旺”，老金头知道，捕大黄鱼要赶大潮，还要看风向。捕鱼人有谚云：东南风是鱼叉，西北风是冤家。西北风一刮，鱼群被赶散，而东南风会像鱼叉似的将分散的鱼群赶到一起。当他把耳朵贴在船板上，听到大黄鱼集群产卵时发出的“咕咕咕”的叫声，浑身的血液如煮沸般滚烫了起来。就是这一年，他创下了历史最高纪录，整整捕了七百吨大黄鱼啊！

船越驶越近，站在船头上的人看见他，叫：“黄鱼大王，又在打藤壶？今天多不多呢？”

金老大亮亮手里的网兜，说：“你们呢？这一网捕得怎样？”

“不算多，卖了十多万！”船上的人一边手脚利索地打缆绳，一边大声说。

老金头看着说话的人那股神气样，心里突然升起一股不服输的念头。他放下铲子，“噌噌噌”地跃上跳板，船上的人喝了一下彩。待上船头时，他还是微微晃了一下身子，他心里想：唉，真的老了！

那年，县里的记者采写了老金头的报道，那篇报道使他出了名。县里、镇里的领导来了，请他给大家做报告，介绍年年产量超万担的经验。他憋了半晌，愣是憋出一句话：一靠同志们，二靠水花运。站在那儿，再也讲不出第二句话了。

从那以后，大家管老金头叫“黄鱼大王”。每逢大黄鱼汛，他的船后面总密密麻麻跟着近百艘渔船。那壮观的场面，使他觉得自己仿佛是个统率千军万马的将军。

那样的辉煌已成了过眼烟云。前些年，他生了一场大病，把家里仅有的一点积蓄都花光了，还欠了债。他一下子变得衰弱、苍老，再也不能像以前那样轻松自如地操纵舵杆了。

船上的人一边大呼小叫着，一边说：“黄鱼大王，有亮他们船在东海渔场捕到了一百多条黄鱼，据说有六斤多重。这么大的鱼可是有二十多年未见了呢。”

于是大家又说起当年如何如何，说完了便一窝蜂都走掉了，也没觉察老金头还愣在那里。

他对管船的老头说：“难得回一次家，去吧去吧，我在家闲着也没事。明天你来替我好了。”

管船老头千恩万谢地走了。

周围静下来，只有海水拍岸的声音，“哗——哗——”老金头像一个要实行恶作剧的孩子，激动、紧张得涨红了脸，心“扑通扑通”乱跳。他走到驾驶室，握住方向盘，威严地说：“起锚，出海！”他瞅了一眼外面黑漆漆的大海，仿佛海水正泛着白色的波浪一层层地向后卷去，他的后面，黑压压地跟满了无数的船群……

那晚，老金头枕着波涛睡着了。睡梦中，他带着他的船队找到了大黄鱼，金灿灿地布满了整个海面,像是撒了无数的金箔似的,亮得他睁不开眼。他笑了,“嗬嗬嗬”地发出了爽朗的声音,把那些鱼群震得四散逃窜……

夏日里的女人

夏天的正午,日光像一摊烧得白热的熔浆,无情地一块块甩下来。海水泛着亮白的银光,岸边高楼的玻璃幕墙反照出刺目的亮光,到处都是被火烤过了似的发出逼人的热气。女人背着小毛头,踏着三轮车,一路叫过来;“换硬板纸!——”“换烂铁!——”小毛头在女人背上恍恍惚惚地打着瞌睡,嘴角流着涎水,软软的头随着女人骑车时起伏的身影晃来晃去,又黑又瘦的光屁股上黏着一片未净的屎迹。

不远处的海滩边泊着一艘旧船,像一条被拆卸的大干鱼。渔民们在船上“叮叮当当”地忙乎着。女人又喊了一句“换硬板纸!——”“换烂铁!——”被日光和枯燥的活儿折腾得头昏脑涨的渔民们,见了女人像是见到鱼族里濒临绝境的大黄鱼一样,顿时来了精神,嘴里说起了荤话……

女人跳下车,把渔民们修船时丢弃在地上的钉子、旧铁皮、断电线捡起来,装到大编织袋里,还把两只旧包装箱拆开来,整平,放到车上。

小毛头醒了,看着海面上刺目的亮光和渔民们粗犷的笑叫声,又热又饿,烦躁地大哭起来。女人一惊,仿佛刚刚才记起背上有小毛头似的,忙掀起被汗水浸湿的衣襟。小毛头迫不及待地噙住被汗水浸得咸渍渍的奶头,贪婪地吮吸起来。

到黄昏时候，女人拉着满满一车的废品来到废品收购站，废品收购站的人早已认识她了，过完秤把钱给她的时候，夸了她一句："安徽嫂，今天你的收入最好，了不起！"女人的家乡来了一批人，有的在工地打工，有的捡垃圾，有的像她一样收购废品。她们虽然又穷又脏，但没有一个人做出卖肉体的生意。

女人骑上空车的时候，突然显得精疲力竭，腿肚子酸软得几乎踏不动车子。马路边的灯三三两两地亮了起来，一盏又一盏，泛着橘红色的光，像是一双双温暖的大眼睛，惊奇而又怜悯地看着母女俩在马路上穿行。小毛头嘴里含着肮脏的手指头，左顾右盼地看着突然亮起来的灯光，含含糊糊地哼叫着，小脚丫跟着身子还高兴地一伸一窜地，徐徐地，有夜风吹过来，逼走了周遭的暑气。女人叹了一口气，停下车，把背上的带子卸下来，抱着小毛头亲了一番，说："妈妈今天赚了很多钱，明天和毛毛一起去存到银行里，攒起来就可以给爸爸看病，等爸爸的病好了，就可以抱毛毛、亲毛毛了！"小毛头看着妈妈，似乎听懂了她的话，也高兴地挥舞着小手，啊啊叫着。女人把小毛头放在车上，捋了一下额前的发丝，慢慢地朝农田边那间租来的小屋骑去。

画像

他是全国有名的收藏家，据说他收藏品的价值加起来一个人三辈子也花不完。在他七十八岁那年，他知道自己时日不多了，便在这个城市举办了一次拍卖会。许多慕名而来的人纷纷挤在拍卖厅里，观看他收藏的奇珍异宝。

当拍卖师举起一张画像报价的时候，人群里发出了嘘声。那是一张很普通的碳笔素描画，画上的女人长得也很平常。甚至，内行的人可以看出来，画画的人并不是一个专业画家，有些线条勾勒得并不是很到位，但女人有一双纯净、柔和的眼睛。

没有人喊价，人们想要的是收藏家收藏的那些奇珍异宝，而不是这张普普通通的显然也没什么价值的画。大家知道，画上的女人不是收藏家的妻子，因为据说他的妻子是这个城市最美丽的女人。在他四十三岁那年，他的妻子不幸出车祸永远地离他而去。从此，他终生未娶。在他以后三十多年的生涯中，还从未听说过有关收藏家的风流韵事。人们不知道收藏家葫芦里卖的是什么药？

拍卖会一时冷场，谁都不想花钱买一张与己毫不相关的女人画像。

“我出五十元，我可以‘请’这张画像回家吗？”下面传来一个女孩子的声音。

人们回过头去，见是一个扎着两条辫子、衣着朴素的女大学生。

拍卖师说：“五十元，第一次。”没有人回音。

“五十元，第二次。”人们静待着，巴望着快点开始“真正”的拍卖。

“五十元，第三次。……成交！”拍卖师重重地敲了一下槌。这时，人们看见他光秃秃的脑门上冒出了晶亮的汗珠。拍卖师有些兴奋，他发布了一个令人震惊的消息。

“女士们！先生们！拍卖会到此结束。根据黄先生的旨意，谁买走这幅画，今天，这里的拍卖品全部属于那个人！”

众人哗然。

病榻上，收藏家看着这个与画像上的女人神情颇像的女孩，问：“你为什么要拍卖那张画像呢？”

“因为，她太像我十八年前死去的妈妈了。”

收藏家的眼泪夺眶而出。那年，他不幸染上了那场差不多席卷整个国家的瘟疫，昏昏沉沉中，他感觉一个有着一双柔和、纯净眼睛的护士夜以继日地守护在自己身边。有一天，守护他的人换了一个陌生的护士。后来，他才知道，她被自己感染永远地离开了这个世界。

出院后，他从介绍她的报纸上临摹了一张她的画像，一直珍藏着。这场病让他懂了很多，也看开了许多。他觉得，生命才是最重要的，而不是财富。他一直坚信，只要有缘，他期待的人总会出现的。

收藏家握着女孩的手，欣慰地闭上了眼睛。

希望

那天，突然看见父亲从单位门前走过，我不自禁叫了一声："爸爸！"从我所在的办公室距离他所在的位置有五六十米远。我正想他可能听不见，但父亲很快转过身来。我从楼上跑下去，站在院子里跟他说话。他说母亲有事去了，他去大姐家吃饭。他说出这些话的时候想了很久，边打手势边无奈地摇摇头，因为一下子表达不出来。我边猜边帮他缓缓地说出来，他才释然地连声道："是啊是啊。"仿佛卸下了一副重担。

父亲缓缓离去，我站在那儿看着他瘦弱微驼的背影，心中一片凄怆。

这么多年，我写了很多文字，但我从来没有写过父亲。父亲一下子会变成这样，是我们做女儿心中无法言说的疼痛。

发病前的头一天，父亲所在单位的老板来拜年，两人边喝着酒边天南地北地聊。父亲说到自己年纪大了,家人劝他不要再去工作了。老板连声说:“无论如何你再帮我两年。”早上,家人发现时,父亲已神志不清。

那段日子,我们日日夜夜陪在他身边,轮流帮他揉胳膊揉腿,而他却一个劲昏睡。听说美国的一种细胞药水效果好,买来让他服。不知道是不是起了作用,他开始说话,也下床开始练习走路。但他变得跟以前判若两人,迟钝、木讷、单纯。他总是把我们的名字叫错,有时表达出来的意思让我们忍俊不禁。他的思维和语言仿佛退化到儿童时代,很多字认不出来。有时亲戚朋友去看他,他需要想很久,神情仿佛似曾相识,但终究叫不出人家的名字。看着别人叹息着离去,我们黯然神伤。但他却记牢我们去医院的时间,当他看到我们拎着饭盒上楼的时候,他从走廊那头过来,有些欢欣鼓舞地手指指我们,缓慢模糊地说你来了啊。

但很多意思,他却表达不出来了。偶尔,他想起一句话想跟我们说,但可能突然忘记了,或者不知道怎么表达了。他顿在那儿,想了一会儿,憋出几个词,又愣在那儿,无奈地摇摇头。我们猜测着,他对我们对他意思的表达不准确而焦躁地连声说:“不是不是!”然后长时间不说话,不知道在想什么?我们拿了报纸给他看,或者指着走廊的标语教他一个字一个字念。他很顺从地跟着一字一顿地学着,听到我们的鼓励和表扬而信心百倍,不断地一遍一遍重念。

父亲是在小镇念的书,小学三年级时因成绩优秀跳级到五年级,然后考上舟山中学,毕业后回家乡教书,五十年代又考到县城的一家工厂。从技术员到工程师,当过厂长书记,退休后被聘到一家企业。因为接触的是外贸业务,有些图纸上标的是外文,他买来外文字典,自学看懂图纸。父亲话不多,跟我们子女也不太交流,但他的心像一个深深的海洋,平静的表面蕴藏着起伏的波浪。当然,这是我成年后从父亲偶尔在饭桌上跟我们谈起他过去的经历时所悟到的。

父亲年轻时身体很好,几乎不生病。但这次发病后不到一年,他又生了一场大病。那两场大病把他折磨得消瘦不堪。当我们筋疲力尽地守候在他的病床前，看他因药物反应而默默忍受的时候，我们难过地看着他却无能为力。

父亲最开心的是我们去看他。当我们打电话过去说我们要来的时候，他却早早地打开门等候着。他总是指点着我身上的衣服说："你这件衣服是新的，刚买的啊。"在我记忆中，从小到大，他从未对我说过类似的话。表面看来，他似乎漠视我的一切变化，但事实上却不是。当然，那也是我成年后所悟到的。他说话比以前流畅多了，尽管有时还是结结巴巴。但他已会看报，生活能自理，自己出去散步，买早点回来，遇到熟人，他善于做聆听者，或者礼貌地跟人微笑挥手以示打招呼。当我们邀请他到我们家来做客或住些日子的时候，他会把这当作一件大事，早早地起床早早地整理好，催促母亲和他一起去赶车。

人老了，也许期盼的事很少很单一了。至少，父亲是这样子，我知道他对自己并不乐观，很多事他心里明了却不说出来。所以，我每次去看望父亲后回来时心里总是很难受。

我知道，人和人之间是有缘分的，父母跟子女之间也一样。在这世上相伴的时间在一天天缩短，缘分渐渐走到尽头，我恐惧那种痛怆的永别。很多愿望还未实现，心中的承诺却遥遥无期。我多么希望自己能陪着父母遍访名医而药到病除，希望能给他们很多钱，希望给他们买套舒适的大房子，希望能让他们去一个风景宜人的地方疗养，希望带着他们去周游世界……然而我发现，父亲对物质的要求已很低，在他心中，亲人的关心和爱护对他是最好的慰藉。

世上对她最好的人走了

在我们那个靠近大海的小镇里，说起张望墩的女儿，几乎可说是家喻户晓。她是我们小镇最热闹的宫前街上的一道风景。

她是一个疯子。宫前街上的小孩子经常追着她喊："张望墩囡！张望墩囡！"边喊边用泥土、石块往她身上扔。她站在那儿，翻着白眼，恶狠狠地用模糊不清的语言咒骂，或者蹲下来捡地上的石块还击。所以，那些小孩儿是觉得她既好玩又可怕的。

她是怎么疯的不得知，有说是她做姑娘时还清醒，但结婚后生了场病就疯了。有说是她生了个小孩，不到一周那小孩儿被她不小心用被子捂死了，于是她就疯掉了。

每天，她转悠于红卫早餐店和百货大厦之间。早晨的时候，她站在早餐店门口，看着早餐店里的人进进出出。有时，会有好心人给她一个大饼吃。有时，不待服务员收拾碗筷，她就快步跑过去把人家吃剩下的豆浆一饮而尽。服务员嫌她烦，就用扫帚作势打她，她边逃边嚼着食物，嘴里含糊不清地骂。晚上，等百货大厦关门后，她就睡在百货大厦那个铺了大理石的阶檐。大概她也知道，那是全镇最气派的场所。

一年四季，她似乎都是穿着黑黑的脏得看不清颜色的棉袄，胸前、肚子都塞得鼓鼓的，头发上沾满了草屑、泥土。渴了，就在附近的阴沟里喝水；饿了，就捡人家丢弃在地上的食物吃。大家都以为照这样吃她是要闹肚子的，但她似乎没有这种迹象，人仿佛显得越来越黝黑粗壮。

有一阵子，大街上突然不见了那个疯女人。大家都议论：移地盘了？生病了？死了？好像都不是。熟谙内情的人说，被她丈夫领回家了。

原来她还是有丈夫的，怪不得每过一段日子她总要失踪几天。她丈夫把她劝回家，给她洗澡，穿干净的衣服，烧热饭热菜给她吃。但过不多久，她又会跑出来。

丈夫是捕鱼的，他不可能天天管着她，只好在船拢洋的时候上街来看她。有一天，宫前街上的小孩子又在往她身上吐口水、扔石块。一个小孩用石块包了糖纸递给她，骗她是糖。当她剥开糖纸将要吞下的那瞬间，一个男人飞快地从街角那儿跑过来，“啪”地打下了她手中的“糖”。她先是一惊，继而愤怒地扑向男人，要他赔糖。男人先是挡驾着，然后默默地承受着她的咒骂、推搡、划拉，男人的脸上、手臂上全是一条条的红印，他的神情充满了难堪、伤心和痛苦。

孩子们哄笑着大叫：“张望墩囡！张望墩囡！”

男人悲哀地说：“作孽啊！她爹都死了，还要叫人家的名字。”

在我们那儿，无故叫人家父母的名字是大不敬的。大人们在旁呵斥那帮小孩：“住口！住口！不准喊人家爹的名字！”

她的父母都死了，一个姐姐远嫁到了外地，她的身边只有这个男人了。

“希望我能活得比她长命。否则，以后谁来照顾她啊。”男人蹲在地上，无奈地看着不远处的大海。那儿，泊着几艘渔船，过不了几天，他的船又要出海了。

他管不住她，她是逢他一走便要跑出来的。

果然，她消失了几天后又在大街上出现了，乱蓬蓬的长头发剪成了短头发，换了一身干净衣服，人一下子显得清爽起来。除了眼神呆滞，那五官，其实还是不难看的。

有一天，那个黑黑瘦小的男人又来了，他蹲在离她不远的地方，一口接着一口抽烟，满脸愁苦的样子。女人丝毫不觉，张开着两条腿坐在大街上，她正入神地捉自己身上的虱子,然后用两只大拇指甲把它们掐死。她的黝黑粗糙的脸上显出了得意的神色,然后又吃吃地傻笑起来。

男人看着她,眼眶里突然涌满了泪,然后,他用骨节宽大的手慢慢地使劲把它们擦去。

夏天是海岛的台风多发季节。这一年九月份,我们小镇的一艘渔船在外海捕鱼时突然遭遇台风,船上的十名船员只有三名生还。不幸的是,傻女人的男人也在那只船上。他和其他六名船员都没有回来。

几天后,一艘渔船把她的丈夫和其他几位船员的尸体打捞上来后运到了小镇。那些尸体被海水浸泡得发胀变形,他们的亲人在旁边悲惨地哭叫着,只有她的丈夫静静地躺在那儿,显得异常孤单和冷清。

不远处,傻女人还在街上逛来逛去,呆滞的双眸并没有被哭声和人群吸引。路过的人都叹息:“作孽啊,她丈夫死了,这下她可怎么办啊?”

傻女人死了,距离她的丈夫死期不到半个月。谁也不知道她是怎么死的。清晨,扫垃圾的人经过百货大厦时看她还躺在那里一动不动。往常那个时候,她早已经在大街上逛开了。碰了一下她的身子,已是硬邦邦的了。

小镇上的人说,一定是她的丈夫放心不下她,把她叫走了。也有的说,别看她傻,大概,疯子心里也是有感应的,这个世界上对她最好的人走了,于是,她也追随他去了。这样的说法令大家唏嘘不已。

归

晚上，萧孔收拾了几件衣服对妻子说："老板生意做大了，在广东又开了一家饭店，叫我过去帮忙。"他还吩咐广东路远，电话费贵，他就不打来电话了。但每年有一次休假，等他赚了钱他会来看她们。

萧孔坐了一天一夜的船来到了这个小镇。镇里大变样了，他找了好久才找到父亲以前住过的老房子。父亲自从搬到城里后，小镇的房子就一直空着。房子虽然有些颓败，幸好还能住人。他收拾了一天，总算腾空了一间房子住下来。

他想：父亲和妻子怎么也不会猜到他竟然来到了这儿。这几年，小镇的人陆续往外跑，剩下来的只有空房子和风烛残年的老人。想当初，他好不容易有一个招工指标进城当工人，想不到二十年后，他又回到这儿。

他记不清这已经是第几次被老板"炒鱿鱼"了。就一年里他就被炒了三次。第一次是在一家玩具厂做组装零配件，他总是跟不上那些手脚灵活的女工，老板嫌他动作慢把他辞了。第二次是做保险营销员，一个月下来，人家都完成了任务，就他只做了两份，这其中一份还是他自己买的。第三次也就是刚刚被辞退的这家饭店，他专做跑菜，这才做了半个月呢，就把他辞了。老板说是饭店生意清淡，可他知道是因为自己饭量大，他们背后说他"食量大得像头猪"。

离房子不远的池塘边，每天总有个老头来钓鱼。早晨太阳升起的时候来，黄昏太阳落山时回去。日子久了，萧孔就禁不住好奇，与他攀谈起来。

“老大爷，看您不像是本地人哪。”

“那么说，你是本地人喽。”老头斜睨了他一眼道。

“是呀，不过我很早就离开这儿了。”

“怪不得我没见过你，我来这儿也快有十年了。”老头说。

两人渐渐熟络起来，萧孔天天去看老头钓鱼，陪他说话。

日子一天一天地过去，萧孔仿佛慢慢忘记了过去的伤痛。只是到了晚上，揪心的思念和矛盾折磨着他，令他辗转反侧，夜不能寐。

一天，萧孔问老头：“您家里还有什么人？”

“没啦，就我一个人。”

“瞧您多好，一人吃饱，全家不饿。每天钓钓鱼，什么烦心事都不用想，这日子赛过活神仙。”

老头专心地看着手里的钓鱼竿，叹道：“你不懂，要是现在能让我的妻子和孩子回到我身边，我情愿为他们辛苦奔波、忙碌吃苦。世界上，有什么能够换来亲情和天伦之乐呢。”

“那他们……”萧孔捺不住好奇。

“我现在这么大年纪，也不怕把年轻时的丑事跟你说了。那时我只知道风流快活，全然没有家庭观念，带了一个相好跑到了外地，后来相好又跟人跑了。我回去找我的老婆孩子，你说，她们还会认我吗？唉，一失足成千古恨啊。”

萧孔听了久久不语。那晚，他又失眠了。

当他风尘仆仆地出现在妻子和孩子面前时，妻子惊呆了：“你不是说一年才回来一趟吗？”

“是呀，”萧孔抱住她，“我曾经以为我已经一无所有了，可我还有你们，你们才是我最大的财富。为了你们，我要好好活下去，并且去赚很多很多的钱。”

你是我的目击证人

星期天,来到这家名为“醒目”的美发店。店里人很多,我找了个位子坐下来。

突然,有个尖利的女声嚷起来:“你这哪是在洗头,分明是在搔痒嘛,一点力都使不上。阿敏,你过来帮我洗!”

我看过去,只见一个满头泡沫的中年女人在愠怒地嚷嚷。那个男孩,十七八岁的模样,矮矮瘦瘦的,张着两只沾满泡沫的手有些惶惑地站在那里。

那个叫阿敏的过去帮那女人洗头。女人闭着眼,一边还在发牢骚,刺耳的声音传遍了整个店堂。

男孩默默地走到水池前,让水冲洗掉手里的泡沫,擦干,然后站在一旁听着理发师手里的吹风机“嗡嗡”作响。店里的人都在忙,还有很多等候的客人,可他们宁愿等,也没人叫他洗头。他的表情木然,眼神里有那么一丝忧伤和羞赧。

我走过去,低声对他说:“你能不能帮我洗头?”

他看起来很意外,有些惊讶地半张开了嘴,随后,他的眼里露出了感激的神色。

他领我坐在椅子上,抖开一块干净的布披在我身上,又拿了一块干毛巾围在我脖子上,往头上倒了洗发水,揉了起来。

果然，他的指劲不够，轻得怕弄疼人似的。有时，他把一绺湿头发拢到一起时，又因用力而让我疼得直龇牙咧嘴，的确够难受的。我在心里说：忍耐！忍耐！

终于挨到水池前去冲洗了，他大概把水开得太旺，水龙头浇灌下来，把我淋得满头满脸的，连耳朵里都浸了水，流下来的水沿着外面罩着的布滴到我的裙子上。

我轻轻地说了声："哎呀，好像我的裙子湿了。"

"哦。"他慌乱地拿干毛巾擦我的裙子，还给我另换了一块干爽的布。

我说："来这多久了？"

"半个月了。"

一周后，我又去了这家美发店。那天正下着雨，店里顾客稀落，几个洗头小姐聚在一起聊天，我正打算叫其中一个洗，他满脸笑容地迎了上来。我只好坐到座位上，想：这几天，他的手艺该有些提高了吧？

这时，一个满脸皱纹的黑瘦老头走了进来，男孩看见他，头便低了下来。老头找到美发店老板，叽叽咕咕地说着，看神情似在恳求。老板有些不耐烦地提高了嗓门："你看他来这都快一个月了，洗头技术还是这个样，把我的顾客都得罪走了。这样下去，我怎么开店？"

男孩绯红了脸，洗揉我头发的手有些机械起来。

老头还在恳求，我把老板叫了过来："阿帆，这男孩的手艺比我上次来不知好了多少，我都特意选他给我洗头呢。你再给他一次机会吧。"

阿帆看见我，脸上露出谦恭的笑容："曹老师，既然你帮他说情，我就留下他了。"

阿帆曾是我的学生，这点面子他还是给的。

后来，我搬了家，这家美容店就再没去过。

几年后某天清晨，我骑车匆匆往学校赶去，见一个老人避让不及一辆横穿马路的车子倒在了路上。我下了车把她扶起来，见她只是擦破了点皮，还能走路，便欲骑上车。谁知那老人拉住我，非要让我送她上医院，还说是我的车撞倒了她。

我急了，想起了南京的彭宇，难不成我成了彭宇第二？我看了看四周，人们都急着赶路，没人出来帮我证明。

交警来了，我打电话叫来了我的丈夫和她的家人，双方都各执一词，争执不下。我懊恼极了，发誓下次再也不做好人了。

这时，一个黑黑瘦弱的小伙子冲了过来，气喘吁吁地说："我来证明，刚才我亲眼看见这个老婆婆避让不及一辆电动车才自己摔倒的，她只是好心帮她扶起来。"

交警说："刚才你干吗去了，现在才来证明？"

小伙子说："我爹肚子疼，我急着送他上医院，现在他没事了，我才过来。"

老人这时才良心发现，拉着我的手说："闺女，都怪我眼神不好，是有个人差点撞了我。你是后来帮我扶起来的，真对不住哇。"

这件事就这么了了。

我骑上车，想对那个小伙子说声谢谢，一转眼，觉得面熟，但一时想不起来在哪见过。

"曹老师，我是美发店的小罗啊。你大概认不出我了吧？"

我说："怪不得看你眼熟啊，真是太谢谢你了。"

"谢什么呀，应该是我感谢你才对，是你帮我树立起了信心和自尊。现在，我自己开了家美发店，在青春路五号，有空去光顾哦。"

细看那眉眼，竟一扫以前的羞赧和木然，显得神采飞扬。

路上，我想起刚才自己发的誓，不由得笑了。其实，做人还是与人为善好，就像今天，也算是以前自己种的善因，今日得到的善果吧。

>>>>> PART 6

饥饿游戏

路央央找着找着，看到了一些绿色的细细尖尖的植物，她认得它叫茅苡，小时候小伙伴们叫它茅针。她把那些尚未抽出的花穗拔出来，剥了外皮，在嘴里嚼着，嫩嫩的花穗有些鲜有些甜。

接班

一大早,迷漫的雾气在旭日的照耀下,如烟一般在郭巨村的上空袅袅四散,此起彼伏的犬吠声喊醒了沉睡的村庄,郭巨村的老少们三三两两地跑到了码头边。

周信海也来了,他的视线掠过拥挤的人群,投到了远处的海面,有几艘船在那儿出现。一会儿,他看到浙郭巨 1123 号船在泛着浅浅波浪的海面上出现,凭经验,他从船只高高悬起的吃水线判断出了这趟的收获。

“哎呀,空船啊。”听着这一声声的叹息,他觉得他的心一下子落到了腹腔底。

果然,船一靠岸,也不等船板搭上,周继渔黑着脸就“咚”地一下从船头跳下来,引起围观人“嗷”的一声惊叫。

“继渔!”周信海觉得自己这一声叫喊到底底气不足,周继渔肩上搭了一件污渍斑斑的夹克衫,“刷”地一下从他身边穿过去,连头都不回一下。

“又是空船啊。”有人走过来,围住周信海。谁都知道当年为了买船,他家贷了四十多万元的款,眼看着贷款期限临近,而捕来的鱼一趟少于一趟,他只好卖掉房子,搬到了以前村里养牛的简易棚。

人群陆陆续续地散了,海滩边,泊着几艘锈迹斑斑的渔船,空荡荡的驾驶舱里,只剩下了一个被风吹雨打晒得失了原色的船舵,几个小孩在船上爬上爬下围着船舵玩。

“那时的码头多热闹啊，那真叫樯桅林立，风帆如鳞，几百艘渔船密密麻麻如浩浩荡荡的军队般壮观，晚来的船连泊的地方都没有了。鱼货更是多得不得了，只好晒得晒，腌得腌。村委会前的那块偌大的空地上，晒满了鱼鲞，家家户户门前都挂着鱼干。唉，为啥这好年头说没就没了呢？”周信海想到儿子那张黑得似炭的脸，不由重重地叹了口气。他拖着沉重的脚步朝家里走去。

远远地，听到儿子的叫嚷声：“……咱村里还有几条船在出海，哪一个又不是空着船回来？你们也不想想，自从邻村办了几个厂，那些污水都从上游排下来，咱这郭巨海现在都成了啥颜色？那些鱼虾都死光了！到这么远的海去捕鱼，除掉柴油费、雇工费、网具更新费等，还有几个钱是咱自己的。没了，都亏大了！”

“可是你爹，他是船长，是当年的红老大，他一心想着你接他的班。何况，咱家欠了那么多债，不指望你出海捕鱼还能指望谁呢？”

“娘，你们就死了那条心吧，我再也不会去下海了。我跟大毛他们商量好了，船能卖几个钱算几个钱，咱们结伴到城里去打工，我就不信这日子比那‘风里来浪里去’的日子还差！”

周信海再也按捺不住，“嗵”地一下踹开门，吼道：“你敢！”

儿子看看他，竟然一点也不畏惧他发怒的样子：“爹，你别自己骗自己了。你明知道柴油涨价了，鱼越来越少了，还逼我出海。咱家的渔民生涯就到你这一代吧，我看，咱村里最后也就只剩你这条破船了！”

儿子说完就愤然关门离去。

反了反了！以前他一生气，儿子就惊惧得唯唯诺诺，现在不但顶嘴还敢摔门而去。周信海一屁股坐在椅子上直生闷气。

已到晌午吃饭时间，儿子还没回来。到底是亲生的，周信海在老婆的催促下心又不安起来。“随他去！”嘴上说着，身子还是不由自主地站了起来。他一瘸一拐地朝海边走去，几十年的海上生活，使他患上了类风湿，他的腿关节变形得厉害。被阳光照得明晃晃的海边，泊着他那艘花了好几十万元的船，在浑黄的海水里，轻悠悠地荡漾着。那臭小子竟然说那是一条破船，他不知道他为此付出了多少心血。周信海的心又愤愤不平起来，忘了找儿子，颤颤巍巍地爬上船，东看看，西摸摸，然后坐下来，点燃了一支烟，在浓浓的烟雾包裹里，周信海仿佛又回到了过去，他的眼睛湿润了，他想：难道，咱家世世代代的捕鱼生涯将在我这一代结束？

家有“管家婆”

谢强是个超级网虫，某日他来到大学同学郝永家里，见里面一副乱糟糟的模样，便说：“我给你请个管家婆吧。”

谢强走后，郝永将他送的光盘插入电脑，屏幕上出现一张清秀、甜美的女人脸：“你好，我是阿秀，需要我为你服务吗？”

郝永说：“听说你可以当我的管家婆，你会些什么呢？”

阿秀眨眨眼，笑了：“大到家里财政，小到打扫卫生。哦，你的房间需要清理一下了。”

晚上，郝永下班回到家时，家里已窗明几净，饭桌上正放着热气腾腾的饭菜，郝永饿极了，坐下来就是一顿狼吞虎咽。吃完了，郝永抹抹嘴站起来打开电脑，阿秀在那儿笑眯眯地对郝永说：“怎么样？您还满意吗？”

郝永说：“谢谢你，阿秀，你真好！”

阿秀眨眨眼：“这是我的工作，应该的。”

郝永开始穿着笔挺、整洁的西装和擦得发亮的皮鞋去上班，同事们都说他像换了一个人，连肌肤也显得油光滋润起来。当然，这是阿秀的功劳啊。

这天，郝永打开电脑，说："阿秀，我该拿什么谢谢你呢？"

阿秀想了想，说："我只有一个要求。"

郝永说："是什么？只要我能办得到的。"

阿秀说："你当然能办得到，不过现在还不是时候，到时候我再说吧。你记住了，可不要反悔啊。"阿秀笑眯眯地说。

"那当然。"郝永一口答应。

那天，郝永正在公司里上班，有人给他送来一张贺卡和一个包装精美的盒子，郝永说："有没有搞错？不会是我的吧？"

那个送货的小姐说："您是郝永先生吗？没错的，请您签收一下。"

郝永签了名，将信将疑地打开贺卡，只见上面写着：郝永，祝你生日快乐！阿秀。

阿秀怎么会知道我的生日呢？郝永疑惑地想，对了，自己的个人资料都在电脑里，难道……

下班后，郝永打开电脑，问阿秀："阿秀，你为我做了那么多，我该付你多少钱？"

阿秀说："你不用付钱给我，这些花的本来就是你的钱啊。"

"我的钱？你从哪里取我的钱？"

"你网上账户的存款啊。"

郝永大惊失色："这个你也知道啊。"

"当然，你的生日，你的癖好，你的生活习惯，还有你的隐私……"阿秀笑眯眯地说。

郝永突然感到一阵恐惧："你，你到底是谁？"

"我不是人，只是我有智能而且智商超人罢了。"

"你刚才说知道我的隐私，那你告诉我，我有什么不可告人的隐私？"

"我知道你一直想攫取公司总经理的位置，你窃取了公司的商业机密并转卖他人，然后又嫁祸于总经理……"

“这太可怕了！”郝永急忙打开程序，奋力点击关闭，可是却遭到拒绝，系统提示：本程序一旦安装则无法卸载，如强行删除，将导致您的电脑彻底崩溃甚至硬盘烧毁。

“算了吧，”阿秀说，“你可记得当初答应我的拿什么谢谢我，现在，我就提出这个要求，你还是去自首吧。”

郝永说：“不，不，那样我的前途就全毁了！”

郝永收拾行李，开始做出逃的准备，当他收拾好行李出门的时候，只见谢强站在门口：“想逃了是不是？你逃不掉了，我已报了警，警察正往这赶来！”

郝永惊醒过来：“是你给我装的软件，说什么管家婆，你陷害我！”

谢强说：“知道吗？总经理是我的姐夫，我受他委托特来调查你。我开发了管家婆这个软件，把你的底细调查得一清二楚，你还是跟我走吧。”

郝永惨白了脸。

远处，警车响着鸣笛声正呼啸着往这边开来。

我是这样说服宋雨的

“要知道，现在最安全的保值方法就是购买保险。您每年只需投入千八百元的小钱，十年二十年后，就会变成一笔不小的财富。这样，小钱变成了大钱，增值保障又安全。”我凑近宋雨说。

宋雨是建筑工地的项目经理，我知道，他不差这点钱，问题是，他没有这份意识。好歹，我跟他还算是小学同学，换作别人，早被他轰走了。

“算了，任你说得天花乱坠我也不买。要买我早买了。”宋雨从办公室拿了顶安全帽拉开门，他是高个子，走路迈起步子来像军人在练操。

我跟在他屁股后面，边追边说：“买份寿险吧，像您这个年龄的人都愿意买这种保险。”

“不买。”宋雨说。

“您不为自己考虑也该为家人考虑，等百年之后，家人领到那笔钱，不知道会有多感激您。”

“我赚的钱足够他们这辈子衣食无虞，他们不稀罕那点钱。何况，我有家族的长寿基因，我爷爷九十多岁了还能把黄豆咬得嘎嘣响。”宋雨把安全帽戴在头上，头也不回地说。

外面，日头高高地照着，刚从打着空调的办公室出来，温差使人感觉仿佛一下子进入了桑拿房，汗不断地从头上冒出来。我很吃力地跟在宋雨的后面，听到自己的胃“咕噜”响了两下，恍悟从早上到现在我还没吃过一点东西。

不知道怎么回事，我对保险这份工作有种近乎痴迷的狂热，越是难攻的客户我越有种征服的欲望。

“那么，人总是要生病，买份健康险总可以吧。我给您介绍一下最畅销的几款产品。”

宋雨停住脚，伸着胳膊对我说：“你看看我这身肌肉，每天锻炼的。我懂得养生之道，生活作息有规律，还真是，一年到头我连感冒都没有。”

“可是，人总会变老的，到老了那些疾病就会找上门来。不管您是高官还是富豪，谁都躲不开。”

宋雨说：“到老了再说。总之，我现在不想买，你看你多累，我跟你费这些口舌也累。”

前面是工地，远远地，就听见隆隆的噪声，几辆大型工程车进进出出。

“是啊是啊，”我说，“您说得对。我觉得您这份工作还是适合买意外险。”

“意外险？”

“对，意外险。生活中处处会出现意外，这跟钱多钱少没有关系，跟健康不健康也没关系。您不是每天往工地跑吗？这发生意外的概率就太高啦……”

“得，打住。我还真不想这概率发生在我身上。你回吧，这是工地，闲杂人员可不能随便进入的。”

我站在那儿，恨恨地看着宋雨神气地进入了工地。

我在大门对面坐下来，从包里掏出饼干和矿泉水，一边吃一边盯着宋雨的身影。我不相信，这世上就没有我攻克不破的堡垒。

宋雨跟几个戴着黄色安全帽的工人指手画脚地说着什么，然后，他慢慢地爬上高高的脚手架。我仰起头，眯着眼，看着宋雨渐渐地变成了一个模糊的小圆点。

我又耐心地看了一会儿，直到眼睛酸涩地流下泪来。一时半会儿，宋雨是不会下来的，我又累又困，靠着墙，不知不觉睡了过去。幸好人类的下意识能在沉睡的时候发挥功用，不知多久，我突然惊醒过来，站起来就往工地大门跑。

远远地，我看见了宋雨，他大概刚下来，正趔趔趄趄地走在碎砖泥土遍布的建筑垃圾堆上。我想他看到我了，把本打算走过来的身子又转了回去。

我想：好，你能躲多久我就等你多久。

这时，一根钢管不知从哪飞了出来，不偏不倚正砸在宋雨的脚下。宋雨显然吓得不轻，因为他愣了一会儿后才反应过来。他撑着腰，朝头顶破口大骂。

我说：“谢天谢地，这次您运气好没伤着，可是您的工作性质决定了您必须每天跟危险打交道。谁能保证今后还会不会出什么意外？会不会受伤？”

当然，那些话只能闷在肚子里，若这时去跟宋雨说，保不准也会被他臭骂一顿。

宋雨站在那儿发了一通火，突然，大踏步地朝我走过来。

“拿来！”他说。

"什么？"

"保单呀。"

我受宠若惊地从包里拿出保单交给宋雨，他浏览着保单上的条文。我偷偷观察着他的表情，暗暗祈祷这个跟我近乎一样固执的男人能够买下这份保险。

宋雨一声不响地把保单交还给我，又大踏步地朝工地里走去。走了十来步，他回转身，看着张瞠结舌的我说："明天早上到我办公室来吧。"

我不是美女

我不是美女，这个自打我出娘胎就知道。我呱呱落地的那一刻，那个接生的女医生就忍不住惊叫了一声："娘哎，这女娃的鼻子怎么像让牛蹄踏了一脚似的！"

我娘是个美女，能上文艺队演戏跳舞的会丑吗？我爹虽然称不上帅哥，但人家都说他长得周周正正一副官相。我这长相也不知继承了谁的，难道真是投胎时心太急不小心让牛踏了一脚蹄？

我知道我长得不俊，自打小娘就喜欢带我姐出去。姐长得漂亮，双眼皮，高鼻梁，樱桃嘴，一笑两酒窝，一副招人疼惹人爱的美女相，人人都夸她长得像我娘。娘在旁听了，高兴得直眉开眼笑。

爹倒是不嫌我长得丑，只是我娘一连给他生了四个女娃让他脸上无光。所以，他也从不带我出去。

因为知道自己不招人喜欢,自打小我就样样事情自己干。我的成绩也很好,老师夸奖我时总是连带了一句:"可惜了,可惜了。"当然我知道,成绩好相貌好就能上台给教育局领导献花,就能参加学校的文艺队上县里市里表演。

老鸹在枯枝上呱呱叫着的时候,我坐在树墩上托着腮想:我也像你一样长得不好看吗?可你的爹妈嫌过你长得丑吗?你的同类嫌过你长得不如它们顺眼吗?老鸹似乎听得有些伤心,"呱"地大叫一声飞走了。

我大学毕业,因为我的长相问题求职一直不成功。娘看着我的脸叹息着说:"你再不去整容,不但找不到工作,这辈子怕连嫁出去都难了。"

我爹和姐都赞成我去整容,他们凑成一笔钱,说整个鼻子六千元够了。

我怕疼也怕整容不成连命都丧了。我的邻居小芳因为割了个双眼皮,结果那眼给整残了,到现在还在打官司。

我就不信我不整容就找不到工作。四月,市文化广场设摊召开城乡人力资源交流招聘活动。我一家家地跑过去,累得头昏眼花,口干舌燥。天近黄昏,设摊的陆陆续续在清场了。我一屁股坐在一把椅子上,直喘粗气。

转过头,才注意到摊位前一个长相富态的中年妇女在一个劲打量我,我不好意思地笑了一下,拿面巾纸擦脸上的汗。

"是来应聘的?"她问。

我点点头,忙不迭地掏出简历递了过去。

她仔细看了一会儿,又端详了我一下,点点头说:"你明天到公司来。"

现在我真的相信天上是会掉下馅饼的。我给这家大型企业的董事长当秘书。要知道,有多少美女挤破了头往这个位子上挤啊。照平时,我连简历都不敢去投。

爹娘知道了,咂着嘴高兴地说:"这下咱俩总算不用愁了。"我懂他们的意思,水涨船高嘛。

姐撇撇嘴说:"这叫歪打正着。这意思不是明摆着嘛,就咱妞这长相,董事长夫人放心!"

我有些委屈，难道不是由于我的才气原因吗？我是重点大学的中文系高才生，大学时期还在报纸开过专栏呢。

虽然，董事长从不拿正眼瞧我一下，不过，偶尔，他也带我出去应酬一下。他在介绍我的时候，总说："咱这位是才女，开过专栏呢。"

终于，有位帅哥给我送来了鲜花。我一直不明白他为什么会瞧上我。有时，我拿这个问题问他，他总是笑嘻嘻地说："帅哥是要配才女的，这样自然界才会平衡，社会才会和谐。"

我不知道这是什么逻辑，不过我开始关心自己的长相，我对他说自己应该考虑去整容，这样咱俩才般配。

帅哥反对，说："我不想娶个人造美女，知道吗？缺憾就是美，太完美了就不好啦。我就喜欢你现在这个样子。"

我不知道他说的是真话还是假话，不过我很高兴，终于，有人不嫌弃我的鼻子而喜欢我了。

迷花

一连几天，防盗门的手把上都塞了广告纸，李尔取出来，胡乱地揉成团扔进垃圾桶，他讨厌这种招徕顾客的方式，无非是推销化妆品、补药和某商场换季打折之类的。那天也是闲来无事，取出瞄了一眼："你想三年就赚一百万吗？"用醒目的黑体字打的。

李尔在上面找了很久，才找到一个五号字体的地址："新华街一百一十一号。”

接待他的是一个身材修长的男人,白净瘦削,气质忧郁,“很多人都等不到开花那一天就放弃了,”男人从昏暗的木房里捧出一只陶瓷花盆,“三年的花期是有点长,这个,你可要想清楚了。”

李尔没答话,只仔细看了看栽在花盆里的植物,其实,它只是光秃秃的一条细枝,淡绿色,李尔都怀疑它是不是还活着,不过养不活也不要钱,权且试一试吧。

李尔捧花出门时,男人在后面说:“记住,开花了才能来找我。”

李尔刚刚辞了工作,他有的是时间。于是,他照着男人说的白天把花搬到阳台,晚上再搬进卧室。半年过去了,那条细枝依旧如初,没有长高,也没有抽芽。

耐心,要耐心。睡觉的时候,李尔看着那盆花(他把它姑且称为花)给自己打气。一百万啊,他想。

于是,李尔更加细致地护理着这盆花,“如果想要让它开花,就要倾注你的心血,它是植物,但它也通人性。”男人的话犹在耳边。

李尔每天早晚两次给它放舒缓的音乐,他想既然它通人性,那么它一定也能听得懂音乐,说不定会因此而生长得更快呢。到了年底,他发现,细枝悄悄地长高了,现在有他的小手臂那么长。

那期间,有人给李尔介绍过几个工作,但李尔工作不到两天便辞职了,因为,他总是心不在焉,担心那盆花被偷了,或者因为受了自己的冷落而生长得更加缓慢。于是,他又待在家里,他卖掉了房子,在偏僻的郊区租了房,吃饭只叫外卖,过着几乎与世隔绝的生活。

到了第三年,那盆花绽出了新芽,两枚嫩绿的叶子轻轻地靠在一起,如雏翼的羽毛。晚上,李尔睡觉的时候,叶子就发出奇异的绿莹莹的光,房间里就变得阴冷起来。

还有一个月的时间,那天,李尔忍不住去了新华街一百一十一号。男人看见他,冷冷地说:“花开了?”李尔愤愤地说:“你骗我,它根本就不会开花！”男人说：“以前那些人都这么说，所以，他们得不到一百万。”

听到“一百万”，李尔的头就垂下来，男人说：“三年时间还不到是不是？为什么不再坚持一下？”李尔垂头丧气地出了门。

花依旧如初，李尔每天看着它，看花了眼，也找不出一丝结了蓓蕾的迹象。那晚，他躺在床上，呆呆地注视着那盆花出神，突然，他想起男人的话，“你真的用心血浇灌它了吗？”李尔“腾”地一下跳起来，找了一把刀，在自己的手臂上划了一下，血从伤口上滴下来，渗入泥土中，瞬间就没了。

李尔疲惫地倒在床上，闭上眼睛睡着了，叶子上的绿光仿佛更亮了，房间里阴气森森。

几天后，李尔搬花到阳台去的时候，赫然发现，绿色的叶片中间结了一颗小小的蓓蕾，他的心按捺不住地狂跳起来。

李尔发现，他往花盆里输得血越多，那颗蓓蕾就结得越大。他几乎不能自控地每天往花盆里输血，到了后来，发展到了每天好几次。那晚，他躺在床上，神色恍惚间，见绿幽幽的叶子中间开出了一朵猩红艳丽的花朵，闪烁着诡异的光芒。李尔轻轻笑了一下，拿起电话拨通了号码，喃喃地说：“花开了，一百万……”他的手臂缓缓地垂到了床下，那儿，正汩汩地流下殷红的鲜血，一滴，又一滴。

新华街一百一十一号。那个脸色苍白的男人正在打电话：“李先生，花开了。是的，他死了。二百万什么时候汇入我账户……好吧，花我明天拿过来。一手交钱，一手交货。”男人放下电话，看着那盆艳丽得出奇的花，苍白的脸上毫无表情。

A 市某幢别墅内，被唤作李先生的男人缓缓地放下电话，一个清瘦的女孩进来问：“爸爸，是不是李尔打来电话了？”

“没有，是我的科研所培育的迷花成功开花了”，李先生说，“好了，我已订好机票，明天我们就离开这儿。”

“可是，万一李尔来找我怎么办？爸爸，能不能再宽限几天时间？”女孩神情忧郁地说。

"傻孩子,如果他想真心娶你,不会要你等这么长时间。好了,爸爸已经给了你们三年时间,他不会再来了,可能早带着其他女人远走高飞了呢。记住,这世上除了爸爸是真心爱你的,没有一个是好男人!"李先生安慰着女儿,脸上露出深不可测的笑容。

饥饿游戏

袁丁说:"就以十天为限。这十天里,你可以喝水,可以采野外的果子和野菜吃,会捕鱼的话也可以抓来烤着吃。但之外,你不能吃其他东西,也不能跟外界任何人联系。"

路央央想:虽然有点残酷,但她太需要这笔钱来完成自己周游世界的梦想。

头两天,路央央还凑合得过去。到了晚上,肚子空荡荡的。她起床喝了水,觉得肚子里叽里咣啷的似乎都是水。想到平时的美食,饥饿感更加强烈。她想:还是早点上床睡觉,就会忘了饥饿这事。

第三天,袁丁说:"今天,你可以去采些野果子吃。"

住的地方离山不远,况又是春天,路央央想到童年时的自己曾和小伙伴们满山遍野找吃的,一下子来了兴致,戴了顶帽子,挎上篮子和小锄,出了门。

路央央找着找着,看到了一些绿色的细细尖尖的植物,她认得它叫茅苡,小时候小伙伴们叫它茅针。她把那些尚未抽出的花穗拔出来,剥了外皮,在嘴里嚼着,嫩嫩的花穗有些鲜有些甜。

茅苡倒是多，但多吃并不解饿。幸好，路央央又在山坡上发现了茅莓，红艳艳的像一粒粒袖珍的草莓。这是她小时候最喜欢吃的，每当她和小伙伴们发现茅莓的时候，都抢着去摘。

接下来几天，路央央采了些马兰头，还发现了一些状如马齿的马齿苋。她把那些东西凉拌了或水煮了，要是有鸡蛋的话可以炒着吃，有面粉的话可以蒸马齿苋包子。路央央越想越饿，索性不去想了。虽然是春天的山坡，但那些东西也不是满山遍野疯长的，何况，她对野果野菜认得也不多。

晚上，路央央照镜子，原先的圆下巴变尖了，心下窃喜的瞬间被明天吃什么的恐惧而代替。

天明，袁丁来了，看见路央央有气无力地躺在床上。"我不出去，也不吃，行了吧？"路央央想到满山坡找吃的，又得消耗自己不少精神气，宁愿这样躺着。

袁丁说："知道吗？今天是第七天了，你不能泄气。"

路央央说："甭跟我讲道理，我饿得不想听人说话。"

袁丁说："我带来两只蟹笼，你自己到海边去钓些吃的吧。"

路央央起了床，七跌八撞地来到海边，把蟹笼放了下去。坐在岩石上，感觉肚子又在"咕噜咕噜"响。路央央突然想到饿死的人都是先由脚肿起的，便按了一下自己的脚踝，还好，没出现手指窝儿。

袁丁指导路央央收起蟹笼的时候，路央央发现里面有几只螃蟹和几条小鱼，这使她的情绪大为好转，回家烧火蒸了吃。晚上，坐在桌前写东西，因为螃蟹和小鱼，她的思路特别顺。

第八天，蟹笼只收上来几只小饭虾，根本不抵饥饿。路央央只好吃了头天采来的野菜，想起以前吃的食物，用笔在纸上把它们一个一个写出来，每一样，对她都是可望而不可即的美味佳肴。照了镜子，头发是蓬乱的，脸是憔悴的，眼睛是无神的，衣服有点邋遢。此时，饥饿像有一双爪子一下一下在抓着她的胃，疼痛难受得很。她甚至想：如果有人给她一点吃的，她会抛弃自尊，奴颜婢膝。仿佛，袁丁知道她的心理，不再来，不让她有乞求和妥协的机会。

第九天,路央央在饥饿难耐中早早醒来,她挣扎着起了床,掀开锅盖,空空如也。又翻了碗盆,哪怕找到一星点的菜末,她都慌忙把它抹进嘴巴里去了。她站在屋子中间,环顾四周,看哪里还遗漏下一些吃的。

“被子可以吃吗?毛巾可以吃吗?牙膏可以吃吗?”她慌乱和焦躁地到处乱翻,希望那些东西能变成她想要吃的食物。

蟹和鱼是不存希望了,路央央还怕自己因为无力一不小心跌进海里喂了鱼,她想就这样一直躺着躺到袁丁拿东西来给她吃的时候。

可是她的意识提醒她现在就得吃东西,否则她会挺不到袁丁来。她已没有爬山坡的力气,山上的野果野菜也不好找。她慢慢地移到门外,即使是草吧,只要没有毒,她也会把它咽下去的,只为了缓解一下疼痛得痉挛的胃。

她惊喜地发现了荠菜,绿色的叶子张开着像莲座。她胡乱地揪了几把,拿回家洗了用热水烫了下,放了盐,凉拌着吃了。“美味佳肴。”路央央自言自语道。

最后一天,袁丁来了,他一进门就直扑路央央放在桌上的那叠厚厚的稿子,看了一会儿,赞叹着说:“真不愧是大作家啊!我相信,书一出来一定会登上本年度的畅销书排行榜。我就这么写:著名美女作家路央央挑战饥饿极限,以亲身经历写下震撼之作。不过,十天有点短,我得说是二十天。嗯,这个结局你得把它写完。还有,名字得改一改,就叫《饥饿游戏》,怎么样?”回过头,路央央躺在床上已经饿得昏过去了。